치열하게 앞만 보고 달려가느라

지친 여러분의 삶에

따뜻한 마음을 선물합니다

하
루
쉼
표

따뜻한하루　지음

도서
출판 **YEGA**

프롤로그

매일 작은 '쉼'을 주고 싶습니다

사랑 한스푼
위로 한스푼

높은 곳에 오르기 위해,

더 멀리 날기 위해,

우리는 오늘도 바쁘게 살고 있습니다.

그리고 그렇게 사는 것이

잘사는 것으로 착각하기도 합니다.

그러나 '쉼' 없이 바쁘게 사는 것으로

우리의 삶을 가득 채울 필요는 없습니다.

때론 다른 무언가를 채울 '쉼'이 필요하며

때론 지금보다 더 비워내기도 해야 하는

'쉼'이 필요합니다.

'쉼'은 게으름도, 멈춤도 아닙니다

'쉼'은 끝도 없이 내달리는 삶 속에서

잠시 숨을 고르는 것입니다.

'쉼'을 통해 우리는

부족한 부분은 채워 주고,

넘치는 것은 나눠 갖고,

힘들면 서로 기대고,

기쁘면 같이 웃어줄 수 있습니다.

돌아보면 '쉼'을 통해
우리네 삶은 더욱 풍성해집니다.

따뜻한 하루는
치열하게 앞만 보고 달려가느라
지친 여러분의 삶에
작은 '쉼표'가 되고 싶습니다.

코로나 시대를 살아가는,
그래서 위로받고 싶은,
그래서 쉼이 필요한,
그래서 따뜻한 마음을 느끼고 싶은
세상의 모든 분께 이 책을 드립니다.

따뜻한 하루 대표
김광일 올림

Contents

쉼
표

1

토
닥
토
닥

위
로

힘내, 가을이다, 사랑해

병동 2층에서 나지막이 노래가 들려옵니다.
"나의 살던 고향은 꽃 피는 산골~
복숭아꽃 살구꽃 아기 진달래~♬"

그러면 중증환자부터 치매 노인까지 모두
자신만의 그리운 누군가, 가고 싶은 그곳을 떠올리며
노래를 따라 부릅니다.

다른 의사들과 회진부터 남다른 최고령 한원주 원장님.
그리고 원장님을 무척이나 좋아하던 환자들…
이 평화롭고 정겨운 일상은 얼마 전까지만 해도,
매그너스 재활 요양병원의 행복한
아침 풍경이었습니다.

한원주 원장님은 젊은 시절, 의과대학교를 졸업하고
산부인과 전문의를 딴 뒤 미국으로 건너가
인턴과 레지던트를 거쳐서 10년 동안
근무한 뒤 귀국했습니다.

당시에는 미국에서 의학을 공부한 사람이 많지 않았기에
귀국 후 개원을 하니 환자들이 수없이 밀려왔고,
부와 명예를 동시에 얻었습니다.

그렇게 잘 나가던 그녀에게 위기가 찾아왔습니다.
갑작스러운 남편의 죽음이었습니다.
인생의 의미를 잃어버린 그녀는 자신의 삶을
되돌아보기 시작했습니다.

그리고 독립운동가이자 의사였던 아버지를 떠올렸습니다.
일제 강점기 시절부터 결핵 퇴치 운동과 콜레라 예방 운동,
한센병 환자와 산골 주민들을 위한 무료진료에
앞장섰던 아버지였습니다.

한원주 원장님 아버지가 자신에게 의학을
공부하게 한 것도 어쩌면 다른 이웃들을 위해
살라는 뜻이 아닐까… 하는
생각이 들었습니다.

아버지와 같은 삶을 살기로 한 이후
한원주 원장님은 부와 명예를 한순간에 버리고
소외된 이웃들을 위해 살았습니다.

1982년, 국내 최초로 환자의 질병뿐만 아니라
환경과 정신까지 함께 치료하는 '전인치유소'를 열어
가난한 환자들의 생활비, 장학금을 지원하며
온전한 자립을 돕는 무료 의료봉사에
일생을 바쳤습니다.

그렇게 세월이 흘러 아흔이 훌쩍 넘은 연세에도
환자를 돌보는 것을 자신의 사명으로 알고
가족들도 힘겨워하는 치매 노인들을 위해
의술을 펼쳤습니다.

요양병원에서 받는 월급 대부분을 사회단체에 기부하며
주말이면 외국인 무료 진료소에서 자원봉사를 하고,
주기적으로 해외 의료봉사도 다니셨습니다.

당시 92세였음에도 주5일을 병원에서 숙식하며
환자 한 사람 한 사람의 이름을 부르며
안부를 묻는 원장님을 뵈며 진심으로 존경의
마음을 품었습니다.

그리고 오래도록 우리 곁에서 귀감이
되시길 바라고 소망했습니다.

그런데… 지난 9월 30일, 영원히 환자들 곁에서
함께 해주실 것 같았던 한원주 원장님이 숙환으로
세상을 떠나셨습니다.

별세 직전인 지난달 7일까지도 직접 회진을 돌며
하루 10여 명의 환자를 진료하셨다던 원장님은
갑작스레 노환이 악화해 하늘의 별이 되셨습니다.

그리고 마지막 일주일을 원장님의 뜻에 따라
자신이 헌신했던 요양병원에서 보내다가
영면에 들어가셨습니다.

💬 사랑으로 병을 낫게 할 수 있다.

　　한원주

환자들에게 평생 최선을 다했던 한원주 원장님.
그녀가 세상에 남긴 마지막 말은 다음과 같은 세 마디였습니다.

"힘내."
"가을이다."
"사랑해."

정말 원장님다운 아름다운 말이라는 생각이 듭니다.
영원한 이별이 너무도 아쉽고 슬프지만
한원주 원장님, 하늘나라에서 평안히 쉬세요.
그리고 원장님이 남긴 이웃을 향한 사랑의 정신,
부족하지만 따뜻한 하루가 조금이나마
계속 이어가겠습니다.

고맙습니다.
그리고 사랑합니다.

엄마, 나… 너무 힘들어

남편이 운영하는 회사가 결국 부도 처리되었습니다.
오늘 집으로 법원 집행관이 찾아와 드라마에서만 보던
압류 딱지를 여기저기 붙이고 갔습니다.
아이들은 창피에서 학교도 못 다니겠다며 방안에 틀어박혀 있습니다.

결혼해서 짧지도 길지도 않은 세월을 사는 동안
힘든 일이 참 많았지만, 지금만큼 힘든 적은 없었던 것 같습니다.

오늘따라 친정엄마 생각이 나서
부산 친정으로 무작정 찾아갔습니다.

"엄마, 나… 너무 힘들어."

등이라도 토닥이며 위로해줄 줄 알았던 엄마는
갑자기 부엌으로 가 냄비 세 개에 물을 채우셨습니다.
그리고는 첫 번째 냄비에는 당근을 넣고,
두 번째 냄비에는 달걀을 넣고,
세 번째 냄비에는 커피를 넣으시는 것이었습니다.
팔팔 끓어오르기 시작한 세 개의 냄비.
그리고도 한참이 지나서야 불을 끄고 엄마는 내게 말씀하셨습니다.

"이 냄비 속 세 가지 사물 모두 역경에 처하게 되었다.
끓는 물이 바로 그 역경이겠지.
세 가지 사물이 어떻게 대처했을 것 같니?

당근은 단단해. 또, 강하고 단호했지.
그런데 끓는 물과 만난 다음 당근은 한없이 부드러워지고 약해졌어.

반면에 달걀은 너무나 연약했단다.
그나마 껍데기가 있었지만, 너무 얇아 보호막이 돼주진 못했다.
그래서 달걀은 끓는 물을 견디며 스스로가 단단해지기로 했어.

그런데 커피는 좀 독특했어.
커피는 끓는 물과 만나자 그 물을 모두 변화 시켜 버린 거야."

내 눈엔 어느새 눈물이 흐르고 있었습니다.

"우리 딸, 힘드니? 너는 지금 당근일까, 달걀일까, 커피일까?"

💬 만일 겨울이 없다면 산뜻한 봄날의 즐거움도 없을 것이다.
역경의 겨울을 치른 자가 번영의 새봄을 즐기게 된다.

맥클라인

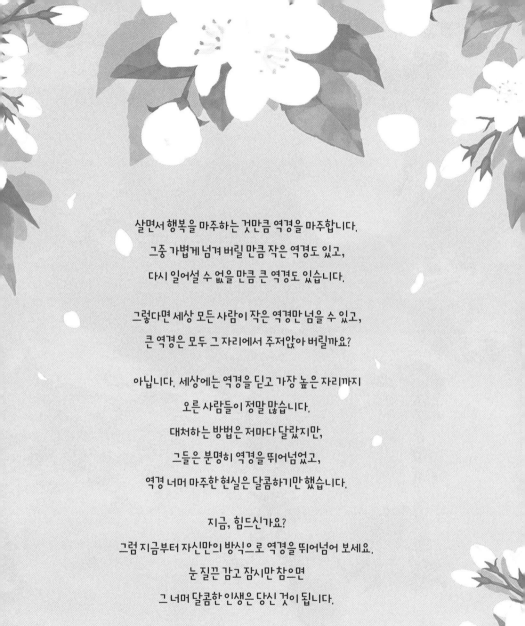

살면서 행복을 마주하는 것만큼 역경을 마주합니다.
그중 가볍게 넘겨 버릴 만큼 작은 역경도 있고,
다시 일어설 수 없을 만큼 큰 역경도 있습니다.

그렇다면 세상 모든 사람이 작은 역경만 넘을 수 있고,
큰 역경은 모두 그 자리에서 주저앉아 버릴까요?

아닙니다. 세상에는 역경을 딛고 가장 높은 자리까지
오른 사람들이 정말 많습니다.
대처하는 방법은 저마다 달랐지만,
그들은 분명히 역경을 뛰어넘었고,
역경 너머 마주한 현실은 달콤하기만 했습니다.

지금, 힘드신가요?
그럼 지금부터 자신만의 방식으로 역경을 뛰어넘어 보세요.
눈 질끈 감고 잠시만 참으면
그 너머 달콤한 인생은 당신 것이 됩니다.

15

걱정의 모든 것

오랫동안 많은 사람의 이야기를
들어주고 상담해 준 한 상담자가
사람들이 두려워하는 것을 분석해서 정리했습니다.
보통 사람들이 주로 하는 걱정은 다음과 같습니다.

40%는 일어나지 않은 일에 대한 걱정,
30%는 돌이킬 수 없는 과거의 결정에 대한 걱정,
12%는 질병에 걸리지 않을까 하는 걱정,
10%는 장성한 자녀들과 친구들에 대한 걱정,
진짜 현실의 문제에 대한 걱정은 겨우 8%뿐이었습니다.

즉, 걱정의 92%는
걱정한다고 해결되는 일이 아닙니다.

💬 걱정해서 걱정이 없어지면 걱정이 없겠네.

티베트 속담

지금도 어떤 일로 걱정하고 있습니까?

실제로 그 일이 일어났습니까?

아니면, 당신 머릿속에만 존재합니까?

쓸데없는 걱정 때문에

당신의 인생을 허비하지 마세요.

인생
뭐있냥ㅋ

눈에 보이는 게 다는 아니다

두 천사가 여행을 하던 도중,
어느 부잣집에서 하룻밤을 보내게 되었습니다.
거만한 부잣집 사람들은 저택에 있는 수많은 객실 대신
차가운 지하실의 비좁은 공간을 내주었습니다.

딱딱한 마룻바닥에 누워 잠자리에 들 무렵,
늙은 천사가 벽에 구멍이 난 것을 발견하고는
그 구멍을 메워주었습니다.

의아한 젊은 천사가 물었습니다.
"아니, 우리에게 이렇게 대우하는 자들에게
그런 선의를 베풀 필요가 있습니까?"

그러자 늙은 천사는 대답했습니다.
"눈에 보이는 게 다가 아니라네."

그다음 날 밤, 두 천사는 몹시 가난한 집에 머물게 되었는데,
농부인 그 집의 남편과 아내는
그들을 아주 따뜻이 맞아 주었습니다.

자신들이 먹기에도 부족한 음식을 함께 나누었을 뿐 아니라,
자신들의 침대를 내주어 두 천사가 편히 잠잘 수 있도록
배려를 아끼지 않았습니다.

다음 날 아침, 날이 밝았습니다.
그런데 농부 내외가 눈물을 흘리고 있는 것이 아닙니까!

이유는 그들이 우유를 짜서 생계를 유지할 수 있었던
유일한 소득원인 하나밖에 없는 암소가
들판에 죽어 있었기 때문이었습니다.

젊은 천사가 화가 나서 늙은 천사에게 따졌습니다.
"어떻게 이런 일이 일어나게 내버려 둘 수 있습니까?
부잣집 사람들은 모든 걸 가졌는데도 도와주었으면서,
궁핍한 살림에도 자신들이 가진 전부를 나누려 했던
이들의 귀중한 암소를 어떻게 죽게 놔둘 수 있단 말입니까?

그러자 늙은 천사가 대답했습니다.

"우리가 부잣집 저택 지하실에서 잘 때,
벽 속에 금덩이가 있는 것을 발견했지.
나는 벽에 난 구멍을 봉해서 그가 금을 찾지 못하게 한 것일세.
어젯밤 우리가 농부의 침대에서 잘 때는
죽음의 천사가 그의 아내를 데려가려고 왔었네.
그래서 대신 암소를 데려가라고 했지.
눈에 보이는 게 다가 아니라네."

자기의 마음을 다스리는 자는 성을 빼앗는 자보다 강하니라.
잠언

살다 보면 이해할 수도 없고
도저히 이성적으로 납득할 수 없는 일들을 만나기도 합니다.
억울하고 답답한 마음이 날선 칼이 되어
자신과 주변을 상처 입히기도 하지만
눈에 보이는 것이 다가 아닙니다.
보이는 현상 뒤에 숨어 있는,
따스한 천사들의 메시지를 읽는
오늘이 되었으면 합니다.

소와 가죽신

어떤 산길에서 농부가 큰 소를 끌고 집에 가고 있었습니다.
농부의 뒤로 수상한 두 명의 남자가 보였습니다.
한 남자가 옆의 남자에게 말했습니다.

"조금 기다려 봐. 내가 저 소를 빼앗아 오겠네."
"자네가 아무리 소매치기의 달인이라고는 하지만 물건이 좀 크지 않나?"
"두고 보면 알게 돼…."

두 남자는 소매치기였습니다.
한 소매치기가 재빠르게 농부를 앞질러 가서
새 가죽신 한 짝을 그가 발견하기 쉽게 놓아두었습니다.

농부는 산길을 걸어가다가
새 가죽신 한 짝을 발견하고 손에 집어 들었습니다.

"안타깝구나. 한 짝만 있으면 아무 소용 없는데…."

농부는 아쉬워하며 가죽신을 내버려 두고
다시 소와 함께 집으로 향했습니다.

그렇게 조금 더 걸어 모퉁이를 돌자
조금 전에 보았던 새 가죽신의 나머지 한 짝이 있었습니다.
"이런 횡재가 있나!
깊은 산속을 지나는 사람은 별로 없으니
그 가죽신이 아직 그대로 있겠지?"

농부는 하늘에 감사를 드리며
옆에 있는 나무에 소를 엉성하게 묶어두고는
서둘러 왔던 길을 돌아갔습니다.

예상대로 가죽신은 그곳에 있었습니다.
농부는 새 가죽신 한 켤레가 생겼다고 좋아하며
소를 묶어둔 곳으로 되돌아갔습니다.
그러나 소는 이미 소매치기가 가져가고 없었습니다.

💬 다른 사람이 유혹을 받아 쓰러진 곳이면
당신도 그 자리에서 쓰러질 수 있다는 사실을 항상 염두에 두라.

오스왈드 챔버스

눈앞에 보이는 욕심 때문에
정작 소중한 것을 잊어버리고 있진 않으십니까?

기억하세요,
가장 소중한 것을 당신은 이미 가지고 있답니다.

아버지의 핸드폰 글귀

고등학교 무렵, 아버지의 연이은 사업 실패와 부모님의 별거로
벌써 7년째 아버지와 함께 가족의 생계를 책임지고 있는 딸입니다.
하루하루가 힘들고, 지옥 같다는 생각으로
살아가고 있는 여자이기도 합니다.

아버지 또한 살아보려고 안 해 보신 것이 없을 정도입니다.
많은 일을 전전하시다 지금은 퀵 서비스를 하고 계십니다.
퀵서비스라는 것이 그렇잖아요.
배달은 빨리해야 하고, 그래서 빨리 달려야 하고,
그래서 그만큼 위험한…
제가 아는 것만도 네 번의 사고가 있었습니다.

그때마다 아버지는 엄마 잘 챙겨드리고
걱정하지 말라는 말만 하셨습니다.
며칠간 연락 안 될 거란 말도 덧붙여서요.

며칠 후, 만나 뵈면 어김없이 얼굴과 팔에 긁힌 상처가 눈에 띄었습니다.
울컥했지만 아버지 속상하실까 봐 참고 또 참곤 했습니다.

얼마 전 아버지 생신이었습니다.

큰맘 먹고 티셔츠 한 장 사드리려고 매장을 갔지만

몇천 원 차이에 망설이는 저 자신이 서 있더라고요.

남들은 몇십만 원도 큰 망설임 없이 사는데

저는 아빠 선물임에도 몇천 원에 고민하다니

정말 마음이 아팠어요.

그날 저녁, 동생과 함께 식당 앞에서 아버지를 만났습니다.

아버지는 오토바이를 타고 오셨어요.

낡고 여기저기 찌그러진 아버지의 오토바이…

또 울컥 해왔지만,

잠시 마음을 추스르고 맛있게 고기를 먹었습니다.

생신 축하도 해드리고 선물도 드렸더니

어찌나 좋아하시던지 계속 미소만 짓고 계셨어요.

그때, 아버지가 한입 싸주신 고기를 오물거리며

식탁 위에 있던 아버지의 핸드폰 액정을 무심코 봤어요.

액정에 쓰여 있던 글귀는 저를 무너지게 했습니다.

"그만… 가고 싶다."

숨이 턱 하고 막혀왔습니다.
머릿속이 온통 하얘졌습니다.
많은 빚에, 자식 뒷바라지에…
얼마나 지치고 힘드셨으면 액정에 그런 글을 남기셨을까…

그날은 모른 척하며 애써 웃었지만,
목구멍까지 차오르는 울컥함을 참느라 정말 힘들었습니다.

이젠 아버지를 위해서라도 즐겁게 살아가려 합니다.
정말 사는 것이 힘들고 지옥 같아도,
그때마다 더 열심히 살아갈 겁니다.
그래서 우리 부모님 빚 다 갚아드릴 거예요.

우리 부모님은 오늘도 자식을 위해
죽고 싶은 거, 힘든 거, 서러운 거, 아픈 거
꾹꾹 참아가며 열심히 살아가고 계시는데,
자식이 돼서 더 힘들게 하면 안 되는 거잖아요.

한 사람의 아버지가 백 사람의 선생보다 낫다.
조지 허버트

아버지의 축 늘어진 어깨는
퇴근 후, 자식들의 함박웃음을 보면 다시 솟아오릅니다.
자식을 위해서라면, 힘든 일도, 고개 숙이는 것도
마다하지 않는 나의 부모님.

그런 부모님도 자식에게
단 한 가지 바람이 있다고 합니다.

"내 새끼 건강하게만 살아가렴."

카네기의 후계자

강철왕 카네기가 은퇴하기 전에 후계자를 발표하던 때였습니다.
막대한 부와 명예를 가질 수 있는
그 자리에 과연 어떤 사람이 앉게 될 것인가?
전 세계의 이목이 쏠리고 있었습니다.

카네기는 후계자로 의외의 인물인 쉬브를 임명했는데
그는 중학교도 나오지 못한 데다가
회사에 청소부로 입사한 사람이라 모두가 놀랐습니다.

그가 카네기의 후계자가 될 것이라고는
어떤 사람도 예상하지 못했습니다.
심지어 쉬브 자신도 매우 놀랐습니다.
카네기는 쉬브를 후계자로 지명한 이유로
성실성과 책임감을 들었습니다.

"쉬브는 내가 유일하게 이름을 알고 있는 청소부였네.
정원을 청소하라고 하면 항상 그 주변까지
즐겁게 자발적으로 청소하곤 했지.

내 비서 일을 할 때는 나의 일거수일투족을 공부하며 기록하더군.
업무 시간이 끝나도 내가 퇴근하기 전에는 항상 자리를 지켰네.
이런 사람에게 회사를 물려주지 않으면 어떤 사람에게 물려주겠나?

좋은 대학을 나오고 유능한 사람은
매년 수만 명씩 나타나지만
이런 성실성과 책임감을 가진 사람은
좀처럼 나타나지 않는 법이지."

자기 두 손이 부지런하다면, 그 속에서 많은 것이 샘솟듯 솟아날 것이다.
스탕달

가진 능력이 조금 부족하다고 해서
처한 상황이 어렵다 해서
조급해하지 마세요.
두려워하지도 마세요.

불평불만보다 자기 일에 최선을 다한다면,
크고 작은 기적은 반드시 일어나게 될 것입니다.
인생에 정답은 없지만,
노력의 대가는 반드시 있는 법이니까요.

아내와의 아침 식사

유난히 바쁜 어느 날 아침,
80대로 보이는 노신사가 엄지손가락의 봉합 침을
제거하기 위해 병원을 방문하셨습니다.
그는 9시에 약속이 있다며 빨리해 달라고
무척이나 재촉하셨습니다.

노신사의 바이털 사인을 체크하고 상황을 보니
모두 아직 출근 전이라 한 시간은 족히 걸릴 것 같았습니다.
하지만 시계를 들여다보며 초조해 하는 모습이 안타까워
제가 직접 봐드리기로 했습니다.

저는 노신사의 상처를 치료하며 여쭈어보았습니다.
"왜 이렇게 서두르시는 거예요?"
"요양원에 입원 중인 아내와 아침 식사를 해야 합니다."

노신사의 부인은 알츠하이머에 걸려
요양원에 입원 중이라고 하셨습니다.
그래도 왜 이렇게 서두르시는지 궁금하여 다시 여쭈었습니다.

"어르신이 약속 시간에 늦으시면
부인께서 역정을 내시나 봐요?"

노신사의 대답은 뜻밖이었습니다.
"아니요, 제 아내는 나를 알아보지 못한 지 5년이나 되었어요."

"아니 부인이 선생님을 알아보시지 못하는데도
매일 아침 요양원에 가신단 말입니까?"

노신사는 미소를 지으며 이렇게 말씀하셨습니다.
"그녀는 나를 못 알아보지만,
나는 아직 그녀를 알아볼 수 있다오."

노신사가 치료를 받고 병원을 떠난 뒤,
내가 그토록 찾아왔던 진정한 사랑의 모델을
드디어 발견했다는 기쁨에 너무나도 행복했습니다.

부부란 둘이 서로 반씩 되는 것이 아니라
하나로써 전체가 되는 것이다.

반 고흐

누군가를 사랑하는 것은

육체적인 것도 로맨틱한 것도 아닙니다.

진정한 사랑이란

있는 그대로를 받아들이는 것입니다.

행복 총량의 법칙

독일의 작곡가 베토벤은 사랑했던 여인이 떠나고,
난청이 찾아오면서 한때 절망에 빠졌습니다.
현실의 무게를 견딜 수 없었던 그는 어느 수도원을 찾아갔습니다.
수사를 찾아간 베토벤은 힘들었던 사정을 털어놓았습니다.
그리고 나아갈 길에 대한 조언을 간청했습니다.

고민하던 수사는 방으로 들어가더니
나무 상자를 들고 나왔습니다.
"여기서 유리구슬 하나를 꺼내 보게."
베토벤이 꺼낸 구슬은 검은색이었습니다.
수사는 다시 상자에서 구슬을 하나 더 꺼내 보라고 했습니다.
이번에도 베토벤이 꺼낸 구슬은 검은 구슬이었습니다.

그러자 수사가 말했습니다.

"이보게, 이 상자 안에는 열 개의 구슬이 들었는데

여덟 개는 검은색이고 나머지 두 개는 흰색이라네.

검은 구슬은 불행과 고통을, 흰 구슬은 행운과 희망을 의미하지.

어떤 사람은 흰 구슬을 먼저 뽑아서

행복과 성공을 빨리 붙잡기도 하지만

어떤 이들은 자네처럼 연속으로 검은 구슬을 뽑기도 한다네.

중요한 것은 아직 여덟 개의 구슬이 남아 있고,

그 속에 분명 흰 구슬이 있다는 것일세."

언제까지 계속되는 불행이란 없다.

로맹롤랑

‘행복 총량의 법칙’이라는 것이 있습니다.

인생을 살면서 누구에게나 같은 양의 행복이 찾아온다는 것입니다.

따라서 이제까지 고통스러운 일만 많았다면 이렇게 생각하십시오.

‘앞으로는 행복할 일만 남았다.’

이것이 고통 속에서도 희망을 품을 수 있는 이유입니다.

바쁜 일상을 그저 즐기십시오

영국의 수필가인 찰스 램(Charles Lamb, 1775-1834)에 관한 일화입니다.
그는 1792년 영국 동인도 회사에 취직해 33년간 직장 생활을 했습니다.
그러니까 그의 작품들은 대개 이 직장을 다니는 동안 나온 셈입니다.
하지만 직장 때문에 퇴근 후에나 글쓰기가 가능했습니다.
"마음대로 할 수 있는 자유 시간이 있다면 얼마나 좋을까?"

그래서 그는 늘 정년퇴직을 기다렸습니다.
마침내 그는 회사에서 일하는 생활을 마치게 되었습니다.
마지막 출근 하는 날, 찰스 램은 들떠 있었습니다.
구속받던 시간은 없어지고, 글쓰기에만 몰두할 수 있다는 생각에
마냥 행복할 것 같았습니다.

많은 동료가 그에게 축하해 주었습니다.
"선생님의 명예로운 퇴직을 진심으로 축하합니다.
이제 밤에만 쓰시던 작품을 낮에도 쓰시게 되었으니
작품이 더욱 빛나겠군요."

기분이 좋았던 찰스 램은 재치 있게 말했습니다.
"햇빛을 보고 쓰는 글이니 별빛만 보고 쓴 글보다
더 빛이 나는 건 당연하겠지요."

그러나 그로부터 3년 후, 찰스 램이
옛 동료에게 보낸 편지 내용에는 이런 글이 적혀 있었습니다.
"하는 일 없이 한가하다는 것이 바쁜 것보다 훨씬 괴롭습니다.
매일 할 일 없이 빈둥대다 보면 자신도 모르는 사이에
자신을 학대하는 마음이 생기는 것 같습니다.
좋은 생각도 일이 바쁜 가운데서 떠오른다는 것을 이제야 깨달았습니다.
나의 이 말을 부디 가슴에 새겨
바쁘고 보람 있는 나날을 보내길 바랍니다."

💬 가장 바쁜 사람이 가장 많은 시간을 가진다.
부지런히 노력하는 사람이 결국 많은 대가를 얻는다.

알렉산드리아 피네

휴식이 달콤한 것은 그것이
'일상'이 아닌 '일탈'이기 때문입니다.
휴식이 일상이 된다면
더는 달콤하지 않을 것입니다.
도리어 바쁜 나날을
그리워하게 될 것입니다.
그러니 앞으로의 짜릿한 일탈을 만들기 위해
오늘의 바쁜 일상을 그저 즐기십시오.

비록 힘들고 어렵더라도…

6살 때 다리에 생긴 암으로 인해
오른쪽 다리를 절단해야 했던 벤 벌츠.

달리기를 좋아했던 벌츠는
의족을 달고서도 계속해서 달리기를 희망했고
마침내 그는 2012년,
11살의 나이로 미니 철인 3종 경기에 출전했습니다.

130m 수영,
6.4km 사이클,
그리고 1.6km를 달리는 경기였습니다.

수영과 사이클 구간을 무사히 마치고
마지막 달리기 구간 중간쯤에서 그만
벌츠의 의족이 부러지고 말았습니다.

그래도 포기하지 않고 한 발로 뛰기 시작한 벌츠…

더는 뛸 수 없을 때 즈음
경기에 함께 참가했던 해병대원 메튜 모간이
벌츠를 등에 업고 다른 해병대원들도
남은 구간을 같이 달렸습니다.

그들은 외롭게 혼자서 달렸을 벌츠를
응원하기 위해 함께 달려준 것입니다.

이를 지켜보던 관중들도 환호성을 지르며
함께 눈물을 훔쳤습니다.

벌츠는 이날 이후에도 포기하지 않고
많은 달리기 경주에 참가하며
도전하는 삶을 이어가고 있습니다.

벌츠의 뛰는 걸음은 울림이 되어
포기하지 않는 강인한 정신을 전해주고 있습니다.

당신이 거두어들인 수확물로 하루하루를 판단하지 말고
당신이 심은 씨앗으로 하루하루를 판단하라.

로버트 루이스 스티븐슨

살다 보면
'포기할까?'싶은 순간이
종종 찾아오곤 합니다.

그럴때면 이를 악물고
무작정 달려보는 것은 어떨까요.
그러면 포기해서 볼 수 없었던
무언가를 볼 수 있지 않을까요?

화를 다스리는 법

옛날 어느 지역에 남들과 다투거나
심하게 화가 나는 일이 생기면 자신의 집과 밭 주변을
하염없이 도는 남자가 있었습니다.

이러한 특이한 행동을 몇 번이고 반복하니
남자가 밭 주변을 돌고 있는 것을 보는 것만으로도
'저 남자가 또 뭔가 화가 나는 일이 생겼구나!'하고
짐작할 수 있을 정도였습니다.

마을 사람들이 남자에게 화가 나면 왜 자신의
땅 주변을 도는 건지 여러 번 물어보았지만
남자는 그 질문에 대답하지 않았습니다.

세월이 흘러 노인이 된 남자는 부자가 되었지만,
예전처럼 화가 나는 일이 생기면
자신의 땅 주변을 돌았습니다.

이제는 집도 땅도 넓어져
땅 주변을 한 바퀴 도는 일도 보통 일이 아니었지만
남자는 여전히 화가 나면 땅 주위를 돌았습니다.
그러던 어느 날 남자의 손주가
왜 땅 주변을 도는 것인지 궁금해서
이유를 물었습니다.

"할아버지는 아주 오래전부터
화나는 일이 생기면 땅 주변을 돌았다고 하는데
왜 그러시는 거예요?"

그러자 남자는 아무에게도 대답하지 않던 이유를
손자에게는 이야기 해주었습니다.

"젊었을 때 남들과 다투거나 화가 나면
내 땅 주위를 돌면서 내 땅이 이렇게 작은데
남한테 화내고 싸울 시간이 어디 있느냐고 생각하면
화가 가라앉고 다시 일하는 데 힘을 쓸 수 있었지.
그리고 지금은 내 땅이 이렇게 넓어 마음에 여유가 있는데,
왜 남들하고 싸우며 살아야 해?라고 생각하면
바로 마음이 홀가분해지기 때문에
계속 땅 주변을 돌고 있는 거란다."

💬 화를 내면 주위의 사람들은 많은 상처를 입는다.
그러나 그것보다 더 큰 상처를 입는 사람은
바로 화를 내는 당사자다.

레프 톨스토이

사람의 감정 중에서 분노는 상당히 격렬한
감정이라 화를 내는 것 자체만으로도
굉장한 에너지를 사용하게 됩니다.

하지만 그 에너지를 나를 발전시키는 데
사용할 수 있다면 어떻게 될까요?
그럴 수 있다면 여유와 행복이 가득해
처음부터 화낼 일이 없는 사람이
될 수도 있습니다.

내 마음이 들리니?

어머니의 사랑

1988년 아르메니아에서 발생한 강도 7의 강진.
건물 대부분이 파괴되며
무려 5만 5,000명이 참사를 당한 대지진이 일어났습니다.
도시는 아비규환 그 자체였습니다.

이때, 무너진 9층 아파트.
그 잔해더미에는 '스잔나'라는 엄마와 네 살 난 딸 '가이아니'가
철근과 콘크리트 틈새 속에 갇혀 있었습니다.

스잔나와 가이아니는 오랜 시간 동안 갇혀 있었는데,
가이아니는 엄마에게 숨이 끊어질 듯 작은 목소리로
한 가지만 이야기하고 있었습니다.

"목말라 엄마… 목말라 엄마… 목말라 엄마… "

물은커녕 움직일 수도 없었던 엄마였지만,
목마르다는 딸을 두고만 볼 수 없었습니다.

그때, 언젠가 TV에서 보았던 조난 당한 사람들이
피를 나눠 마시던 장면이 떠올랐습니다.
엄마는 1초도 지체하지 않고,
손을 더듬어 발견한 깨진 유리 조각으로 손을 찢었습니다.
그리고는 흐르는 피를 딸의 입술에 계속 적셔주었습니다.
그렇게 2주가 흘렀고, 스잔나와 가이아니는 무사히 구출됐습니다.

💬 사랑이란 하나를 주고 하나를 바라는 것이 아니라
둘을 주고 하나를 바라는 것도 아니다.
아홉을 주고도 미처 주지 못한 하나를 안타까워하는 것이다.

브라운

얇게 입어도 춥지 않으며,
잠자지 않아도 졸리지 않습니다.

엄마니까요.
아니 정확히 말하자면, 엄마가 그렇다고 하니까요.

그런데요. 막상 자식이 엄마가 돼보면
먹지 않으면 배고프고,
얇게 입으면 춥고,
잠을 못 자면 너무 힘들더랍니다.

그런데 엄마처럼 하게 되더랍니다.
그게 엄마더랍니다.

내가 좀 더 들어주자

딸만 6명인 어느 행복한 가정이 있었습니다.
어느 날, 엄마가 친구로부터 예쁜 인형 하나를 선물 받았습니다.
그런데 문제가 생겼습니다.
아이는 6명이고 인형은 하나라서 누구에게도 줄 수 없었기 때문입니다.
엄마는 고민 끝에 말했습니다.

"오늘 제일 말 잘 듣는 사람에게 이 인형을 줄게."

그 말을 듣자 여섯 딸이 한목소리로 소리쳤습니다.

"에이~ 그럼 아빠 거잖아."

아이들 보기에도 아빠가 엄마 말을 제일 잘 듣는 사람으로 보인 것입니다.
아이들의 눈에 그렇게 비칠 정도면
행복한 가정이라고 해도 과언이 아닙니다.

세상에서 가장 아름다운 삶은 '들어주기를 힘쓰는 삶'입니다.
반대로 세상에서 가장 추한 삶은 '들어달라고 떼쓰는 삶'입니다.

이처럼 상대방의 이야기를 듣고 존중해 준다면,
행복은 자연스럽게 따라옵니다.
자연의 섭리이긴 하나 사람에게
입이 하나고 귀가 둘인 것은 말하기보다 듣는 것에
더 노력하라는 의미일 것입니다.

이와 같은 삶을 살아가기 위해 가장 먼저 실천해야 할 행동은
'내가 좀 더 들어주기'입니다.

그럼 어느새 당신 주변에는 좋은 사람이 모일 것이고,
그 사람들을 통해 당신은 더욱 의미 있고
행복한 삶을 살게 될 것입니다.

💬 다른 사람의 이야기를 진지하게 들어주는 경청의 태도는
우리가 다른 사람에게 나타내 보일 수 있는 최고의 찬사 가운데 하나이다.
카네기

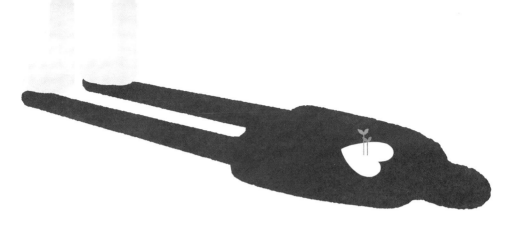

가족을 위해 모진 삶을 사는
아버지의 푸념을 들어주세요.
온 가족의 행복을 위해 희생하는
어머니의 이야기를 들어주세요.
실연당한 친구의 말을 들어주세요.
아내의 수다 친구가 되어주세요.
남편의 직장 이야기에 맞장구를 쳐주세요.

당신이 사랑하고 좋아하는 사람들이 당신 덕에
속 시원하게 오늘을 마무리할 수 있도록 말이에요.

당신도 지금 터널 안에 있나요?

미국의 프랭클린 루즈벨트 대통령은
39세에 갑작스레 찾아온 소아마비로 큰 좌절을 겪었지만,
누구보다 건강한 마음으로 시련을 극복하여
미국 대통령직을 4번이나 역임하였습니다.

밥 호프는 젊은 시절 이름 없는 권투선수로 생활했습니다.
가난하게 살아갔지만, 현실에 굴복하지 않고 배우에 도전하여
결국, 미국 최고의 희극배우가 되었습니다.

평범한 농부의 아들로 태어난 해리 트루먼은 농장에서 일하다
결혼 후 남성복 가게를 열었지만 얼마 못 가 문을 닫게 됐습니다.
그러나 포기하지 않고 법률학교에 진학해 판사가 된 후,
끊임없는 노력 끝에 부통령을 거쳐 미국의 대통령이 되었습니다.

슈베르트는 평생 자기 집을 가진 적이 없었고,
피아노조차도 없었으며 건강이 좋지 않아 31세의 젊은 나이에 죽었지만
그가 남긴 곡은 전 세계인의 심금을 울리고 있습니다.

💬 실패한 자가 패배하는 것이 아니라 포기한 자가 패배하는 것이다.
　　장파울

빛으로 향하기 위해 반드시 지나야 할 곳은
바로 어둠의 터널입니다.
비록 한 치 앞이 보이지 않고,
그 끝에 기다리는 것 또한 무엇인지 불확실하지만
중요한 건 그 터널을 지나온 사람들은
모두 성공한 삶을 살았다는 것입니다.

당신도 지금 터널 안에 있나요?
포기하지 말고 나아가세요.
그럼 반드시 빛과 마주하게 될 것입니다.

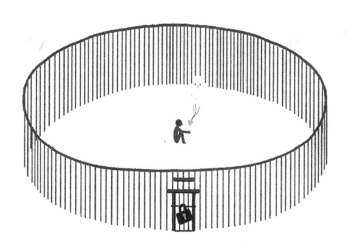

우리는 모두 누군가에게 필요한 사람입니다

초등학교 3학년과 1학년의 아이를 둔 엄마가 있었습니다.
남편은 얼마 전 교통사고로 하늘나라로 갔습니다.
그런데 죽은 남편이 가해자로 몰려 피해 보상을 해주느라
집이며 돈이며 모두 잃고, 얼마 남지 않은 돈으로 생활하게 되었습니다.

다행히 아는 분의 도움으로 간신히 몸만 넣을 수 있는
작은 집에서 머물 수 있게 되었습니다.

엄마는 온종일 빌딩 청소며, 식당 일까지 쉬지 않고 일을 했고,
집안일은 초등학교 3학년인 맏이 영호가 맡게 되었습니다.

어느 날 엄마는 냄비에 콩을 잔뜩 넣어놓고,
집을 나서며 메모를 남겼습니다.

'냄비에 콩을 안쳐 놓았으니 이것을 조려 저녁 반찬으로 해라.
콩이 물러지면 간장을 넣어 간을 맞추면 된다.'

고된 삶에 지친 엄마는 더는 버틸 수 없단 생각에
그날 밤 집으로 돌아와 순간적으로 삶을 포기할 생각을 했습니다.

마지막으로 아이들 얼굴이라도 볼 생각에 찬찬히 둘러보는데,
영호의 머리맡에 쪽지 하나가 보였습니다.

그 쪽지를 보는 순간 엄마는 펑펑 울고 말았습니다.
그리고 잠시나마 잘못된 생각을 했던 것을 후회하게 되었습니다.

'엄마! 오늘 엄마 말대로 콩이 물러졌을 때 간장을 부었는데
동생이 짜서 못 먹겠다고 투정해서 너무 속상했어요.
열심히 콩을 삶았는데, 이렇게 돼버려서 정말 죄송해요.
내일은 저를 깨워 방법을 꼭 가르쳐 주세요.
엄마! 피곤하지요? 엄마 고생하는 거 저희도 다 알아요.
건강하세요. 사랑해요. 먼저 잘게요.'

우리는 모두 인생의 격차를 줄여주기 위해 서 있는
그 누군가가 있기에 힘든 시간을 이겨내곤 합니다.

오프라 윈프리

인생을 살아가다 보면

누구에게나 좌절과 어려운 순간이 찾아옵니다.

마음 약한 생각, 누구나 들 수 있습니다.

하지만 그럴 때마다 사랑하는 사람을 떠올리며 물어보세요.

그에게 누가 가장 필요한지…

우리는 모두 누군가에게 필요한 사람입니다.

사랑 한스푼
위로 한스푼

세상에서 가장 아름다운 모습

시장에서 찐빵과 만두를 만들어 파는
아주머니 한 분이 계셨습니다.
어느 날, 하늘이 꾸물거리더니
후드득 비가 쏟아지기 시작했습니다.

소나기겠지 했지만, 비는 두어 시간 동안 계속 내렸고,
도무지 그칠 기미를 보이지 않았습니다.
아주머니에게는 고등학생 딸이 한 명 있었는데
미술학원에 가면서 우산을 들고 가지 않았다는 것이 생각났습니다.

서둘러 가게를 정리하고 우산을 들고 딸의 미술학원으로 달려갔습니다.
그런데 학원에 도착한 아주머니는 학원 문 앞에
들어가지도 못한 채 주춤거렸습니다.

부랴부랴 나오는 통에
밀가루가 덕지덕지 묻은 작업복에
낡은 슬리퍼, 심지어 앞치마까지 둘러매고 왔기 때문입니다.

감수성 예민한 여고생 딸이
혹시나 엄마의 초라한 행색에 창피해하진 않을까?
생각한 아주머니는 학생들이 잘 보이지 않는 곳에서
딸을 기다리기로 했습니다.

여전히 빗줄기는 굵었고,
한참을 기다리던 아주머니는 혹시나 해서
학원이 있는 3층을 올려다봤습니다.
학원은 끝난 듯 보였습니다.
마침 빗소리에 궁금했는지, 아니면 엄마가 온 걸 직감했는지
딸아이가 창가를 내려다보았고, 아주머니와 눈이 마주쳤습니다.

반가운 마음에 딸을 향해 손을 흔들었지만,
딸은 못 본 척 몸을 숨겼다가 다시 살짝 고개를 내밀고,
다시 숨기고 하는 것이었습니다.

딸은 역시나 엄마의 초라한 모습 때문에
기다리는 것을 원치 않는 것 같았습니다.
슬픔에 잠긴 아주머니는 딸을 못 본 것처럼 하고 가게로 갔습니다.

그로부터 한 달이 지났습니다.
미술 학원으로부터 학생들의 작품을 전시한다는 초대장이 날아왔습니다.
자신을 피하던 딸의 모습이 생각나 전시회를 가야 할지 말아야 할지
한나절을 고민하던 아주머니는 늦은 저녁에야
가장 깨끗한 옷으로 갈아입고 미술 학원으로 달려갔습니다.

끝났으면 어쩌나 걱정을 한가득 안고 달려온 아주머니는
열려있는 학원 문에 안도의 한숨을 쉬었습니다.

또다시 학원 문 앞에서 망설였지만,
결심한 듯 문을 열고 들어가
벽에 걸려있는 그림 하나하나를 감상하기 시작했습니다.

그때, 한 그림 앞에 멈춰 선 아주머니.
당황한 기색이 역력한 채 그림을 응시하고 있었습니다.

제목은 '세상에서 가장 아름다운 모습'
비, 우산, 밀가루 반죽이 묻은 작업복, 그리고 낡은 신발,
그림 속에는 한 달 전 어머니가 학원 앞에서
자신을 기다리던 초라한 모습이 고스란히 담겨 있었습니다.

그날 딸은 창문 뒤에 숨어

아주머니를 피한 것이 아니고 자신의 화폭에 담고 있었던 것입니다.

어느새 엄마 곁으로 환하게 웃으며 다가온 딸과 눈이 마주쳤습니다.

눈물이 흐르는 것을 간신히 참으며

모녀는 그 그림을 오래도록 함께 바라봤습니다.

딸은 가장 자랑스러운 눈빛으로…

어머니는 가장 행복한 눈빛으로…

💬 사랑은 나중에 하는 게 아니라 지금 하는 것이었다.

　　살아있는 지금, 이 순간에.

　　위지안

부모님이 자식을 생각하는
그 마음에 비하진 못하겠지만,
자식 또한 부모님을 자랑스러워하고,
걱정하며 사랑합니다.
또한, 당신도 누군가에게 소중한 사람입니다.

오늘은 나를 소중하게 여겨주는
누군가에게 마음을 표현해 보세요.
작은 표현이 서로의 마음을 알아가는
작은 불씨가 된다는 것을 잊지 마세요.

보이지 않는 사랑

가을이 끝자락을 향하던 10월의 어느 날,
부산에 사는 친구 집에서 하룻밤을 묵었습니다.

다음날 서울에 볼일이 있어 아침 일찍 기차를 타야 했습니다.
부산에서 서울, 장거리 여행에 피곤함이 밀려와
자리에 앉자마자 잠을 청했습니다.

얼마나 흘렀을까요?
어찌나 피곤했는지 청도역까지 잠을 자며 왔는데도,
피곤함이 풀리긴커녕 더 쌓이는 듯했습니다.
그때, 청도역에 잠시 정차해 있던 기차가 움직이며,
비어 있던 제 뒷자리에서 이야기 소리가 들려오기 시작했습니다.

"와! 벌써 겨울인가 봐? 나뭇잎이 다 떨어졌네.
근데 낙엽 덮인 길이 정말 예쁘다.
알록달록 마치 비단을 깔아 놓은 것 같아!
푹신하겠지? 밟아 봤으면 좋겠다!"

"저거 봐! 은행나무 정말 크다!
몇십 년, 아니 몇백 년은 족히 된 것 같은데?
은행잎 떨어지는 게 무슨 노란 비가 내리는 것 같아."

"이 길은 포도나무가 참 많네.
포도밭 정말 크다!
저 포도들 따려면 고생 좀 하겠는걸?"

"저기 저 강물은 정말 파래.
꼭 파란 물감을 풀어놓은 것처럼.
강가 바위에서 낚시하는 아저씨 빨간 모자가 참 예쁘네!"

"어? 저기 엄청 작은 흰 자동차가 있어.
너무 작아서 내 힘으로도 밀겠어.
운전하는 사람은 20대 초반 같은데, 뿔테 안경이 정말 잘 어울려!
에이, 벌써 지나쳤어!"

겨우 잠들기 시작한 저는 짜증이 나기 시작했습니다.
'뭘 말이 저렇게 많아? 그것도 자기 혼자 떠들고 있잖아.
뭘 설명을 저렇게 해? 눈이 없어?'

잠자긴 틀렸다고 생각한 저는 화장실로 향했습니다.
볼일을 보고 자리로 돌아올 때
대체 어떤 사람들이 그렇게 떠드나 힐끔 쳐다봤습니다.

그런데, 그 사람들을 쳐다본 순간 미안함과 놀라움으로
고개를 돌리고 말았습니다.
앞을 보지 못하는 40대 중반 아주머니와
남편으로 보이는 아저씨 한 분이
서로 손을 꼭 잡고 있었습니다.

아주머니는 자상한 아저씨의 설명에
고개를 끄덕이며 응수하시고 계셨습니다.
마치, 같이 보기라도 하는 것처럼…
입가엔 엷은 미소까지 지으며…

> 행복한 결혼은 완벽한 부부가 만났을 때 이루어지는 게 아니다.
> 불완전한 부부가 서로의 차이점을
> 즐거이 받아들이는 법을 배울 때 이뤄지는 것이다.
>
> 데이브 모이러

부족한 부분은 채워주고,
넘치는 것은 나눠 갖고,
힘들면 서로 기대고,
기쁘면 같이 웃어주고,
그렇게 살아갑니다.

그래서 불편한 점 몇 가지쯤은 아무것도 아닙니다.
부부는 그렇게 서로의 반쪽이 돼주면서
평생을 함께 걸어갑니다.

내겐 특별한 할머니

저는 대학생 시절 복지관에 있는 경로 식당에서
자원봉사를 자주 했는데, 그러다 보니
저도 어르신들도 만날 때마다 서로 반갑게
인사를 나누곤 했습니다.

"오늘은 왜 이렇게 늦었어!"

그중에 연세가 많으신 할머니 한 분이 계셨는데
제가 외국에 있는 손주와 많이 닮았다면서
항상 따뜻하게 손을 잡아주셨습니다.

그런데 그 할머니께서 한동안 식당에 오시질 않아
걱정이 되어서 주변 다른 어르신께
사정을 여쭤봤습니다.

"요즘 밥맛이 없다면서 함께 가자고 해도
도통 오지를 않네."

마음속으로 계속 걱정을 하고 있었는데
어느 날 할머니께서 다시 식당에 오셨습니다.
어찌나 반갑던지 제가 먼저 할머니께 다가가
손을 잡아 드렸습니다.

할머니는 몇 년 전에 발병한 중풍 후유증으로
한동안 몸이 안 좋아져 못 나오게 되셨다면서
이제 괜찮다고 하셨습니다.

"손주가 너무 보고 싶어서 왔어."

저를 보고 활짝 웃으시는 할머니의 미소를 보니
그제야 마음이 놓였습니다.

어느새 저도 할머니와 가족처럼
정이 들었나 봅니다.

사람은 행복하기로 마음먹은 만큼 행복하다.
에브라함 링컨

엘리베이터에서 어르신들과 마주쳤을 때
먼저 따뜻한 미소로 마음의 인사를
드려보면 어떨까요?

상냥한 눈빛과 미소만으로도
우리 주변에 어르신들의 지친 마음을
위로할 수 있습니다.

롤러코스터 인생

한 어부가 살고 있었습니다.
어부에게는 아내와 두 명의 아들이 있었습니다.
그는 자신을 이어 두 아들도 성인이 되면
모두 어부가 되길 바랄 만큼 '어부'라는
직업에 자부심이 있었습니다.

어느 날 어부는 화창한 날씨에
두 아들을 데리고 바다에 나갔습니다.
두 아들에게 자신의 물고기잡이 솜씨를
뽐낼 작정이었습니다.

아내가 정성껏 싸준 도시락까지 챙겨
기분 좋은 항해를 시작했는데,
오후가 되자 맑았던 날씨가 음산해지기 시작했습니다.
그러더니 이내 바람이 불고 폭풍과 함께
장대비가 쏟아지기 시작했습니다.
삼부자가 탄 조그만 배는 쉴 새 없이 곤두박질쳤습니다.
밤이 되도록 맹렬한 파도에 도무지 방향을
잡을 수 없었습니다.

조금 남았던 희망마저 절망으로 바뀌는 순간,
둘째 아들이 소리쳤습니다.
"아버지 저쪽에 불기둥이 보여요.
우리는 살았어요!"

삼부자는 다시 희망을 부여잡고
필사의 힘을 다해 불길 쪽으로 노를 저었습니다.
가까스로 포구에 도착한 삼부자는
기뻐 어쩔 줄 몰랐습니다.
포구에는 가족들을 걱정하며 마중 나온
아내의 모습도 보였습니다.

그런데 뭔가가 이상했습니다.
무사히 돌아온 삼부자의 모습에 환성을 지르고
한 걸음에 달려올 줄 알았던 어부의 아내는
안절부절못하고 있었습니다.

어부가 아내에게 물었습니다.
"당신은 우리가 이렇게 살아 돌아왔는데 기쁘지도 않소?"

남편의 말에 아내는 울먹이며 말했습니다.
"여보, 사실 오늘 저녁에 우리 집 부엌에서
불이 나 집이 그만 다 타버렸어요.
저만 가까스로 살아남았어요. 미안해요."

그러니까 삼부자가 구원의 빛으로 여기며
반가워했던 불기둥은 사실 어부의 집이 타는
불기둥이었던 것입니다.

어부는 아내에게 다시 말했습니다.
"우리는 폭풍우에 방향을 잡지 못해 난파 직전에 있었소.
그런데 저 멀리 불기둥을 보고 살아온 것이오.
너무 상심하지 마오, 그 덕에 우리가 이렇게 살아 돌아왔고,
당신도 무사하잖소. 그것으로 됐소.
집이야 다시 지으면 되지."

💬 두려움은 희망 없이 있을 수 없고, 희망은 두려움 없이 있을 수 없다.
바뤼흐 스피노자

우리네 인생은 그야말로 롤러코스터와 같습니다.
햇볕이 쨍쨍 내리쬐는 맑은 날이었다가도
갑자기 바람이 불고 장대비가 쏟아지기도 하고,
너무 캄캄해서 아무것도 볼 수 없는 밤이었다가도
금세 해가 동트는 아침이 되기도 합니다.

이렇게 알 수 없는 게 우리 인생이라지만
분명한 건 절망 끝에는 희망이 있다는 것입니다.
그러니 절대 포기하거나 좌절하지 마세요.
다시 일어서면 그만입니다.

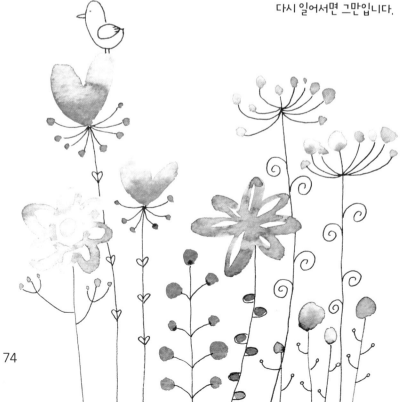

74

아침은 온다

20세기 초 알제리에서 태어난 한 소년이 있었습니다.
소년의 아버지는 일찍이 전쟁터에서 사망하셨고,
청각장애가 있는 홀어머니 밑에서
가난하게 자라야 했습니다.

몸도 건강하지 못했습니다.
고질병인 결핵 때문에 그 좋아했던 축구도
그만두어야 했습니다.

자동차 수리공으로 일하면서
주변의 도움으로 겨우 학업을 이어갔습니다.
불행한 환경이었지만, 소년은 언제나
성실과 열정으로 삶을 살아냈습니다.
가슴이 미어질 듯한 슬픔과 가난을 견디며
꿋꿋하게 자라났습니다.

훗날 소년은 비관적인 상황들에 굴하지 않고
문학을 향한 열정으로 가난과 질병을 극복했고
삶의 아픈 상처들을 작품으로 승화시켜
많은 명작을 남겼습니다.

44세에 노벨문학상을 받은
이 사람은 프랑스 최고의 작가
'알베르 카뮈'입니다.

삶에 대한 절망 없이는 삶에 대한 희망도 없다.
알베르 카뮈

칠흑같이 어두운 밤에는
아침이 언제 올까 싶지만,
밤이 깊을수록 여명은 밝아옵니다.

갑자기 불어 닥친 불행한 상황들을
이겨내는 건 정말 어렵지만 그걸 극복한다면
분명 큰일을 이룰 수 있습니다.

신발 한 켤레를 닳게 할 수만 있다면

장난꾸러기 아들 때문에 걱정이 많은 한 아버지가 있었습니다.

손수레를 타고 비탈길을 내려오는 놀이를 좋아하는 아들은
운동화 밑창이 금방 닳아버리곤 했습니다.

가정 형편이 넉넉지 않은지라
아버지는 고장 난 세탁기를 중고로 구매하고
아들의 신발을 사주기로 했습니다.

중고 세탁기를 구매하러 찾아간 판매자의 집은
교외에 있는 넓고 아름다운 집이었습니다.

'이런 집에 살면 얼마나 행복할까…'
남자는 부러워하면서 초인종을 눌렀습니다.

곧 세탁기를 팔기로 한 부부가 밖으로 나왔습니다.
세탁기를 저렴한 가격에 구매한 남자는
그들과 이런저런 대화를 나누다가
문득 아이 이야기를 꺼냈습니다.

"우리 집 말썽꾸러기 때문에 항상 걱정이에요.
신발을 험하게 신어서 다 닳아서 떨어졌어요.
학교 가기 전에 운동화를 사줘야 하는데…."

그러자 부인은 안색이 변하더니
금방이라도 울음을 터뜨릴 기색으로
집 안으로 들어가 버렸습니다.

영문을 모르고 서 있는 남자에게
곁에 있던 남편이 말했습니다.

"저희에게는 딸이 하나 있는데…
태어난 이후로 한 번도 걸은 적이 없답니다.
만약 아이가 신발을 신고
'신발 한 켤레를 닳게 할 수만 있다면 얼마나 좋을까!'
라는 생각에 저러니 이해 바랍니다."

💬 우리는 다른 사람이 가진 것을 부러워하지만,
다른 사람들은 우리가 가진 것을 부러워한다.

푸블릴리우스 시루스

당신은 항상 자신이
갖지 못한 것을 부러워하지만
어쩌면 당신은
이미 많은 것을 가졌는지도 모릅니다.

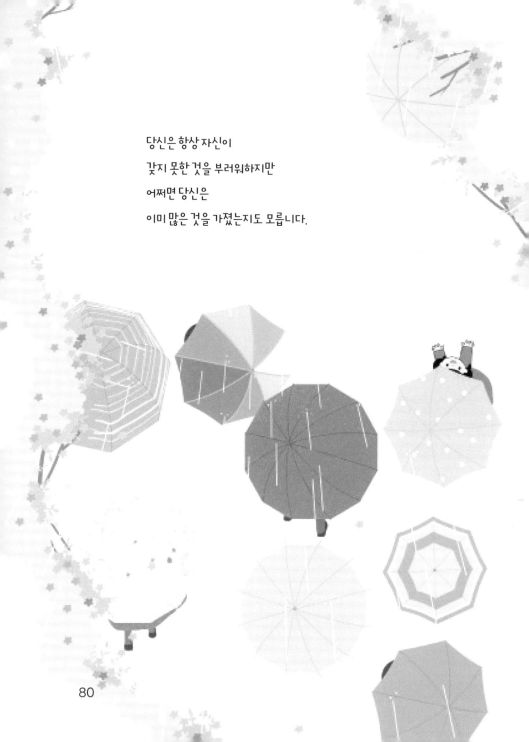

으라차차

쉼표 2

응원

어려운 환경을 극복하다

1960년대를 휩쓸었던 그룹 비틀스의 멤버인
존 레넌, 폴 매카트니, 조지 해리슨, 링고 스타는
모두 어려운 환경에서 자랐습니다.

폴 매카트니의 어머니는 그가 14살 때 암으로 돌아가셨고,
링고 스타는 6살 때 걸린 병 때문에 학교를 거의 다니지 못했으며
조지 해리슨도 가난한 버스 운전사의 아들이었습니다.

특히 존 레넌의 가정환경이 어려웠습니다.
그가 어렸을 때 아버지는 가족을 버리고 떠났고,
낙심한 어머니는 존을 이모 손에 맡겼습니다.
게다가 존이 16살 때 어머니조차 타지에서
교통사고로 돌아가셨습니다.

그런 존의 학창 시절은 엉망이었습니다.
교실에서 친구들과 싸우고, 수업 중에 껌을 씹거나
크게 소리를 질러 방과 후에 남아서
벌을 받기도 했습니다.

학교 생활기록부에는 이렇게 적혀 있었습니다.

'무슨 일을 해도 실패할 것이 뻔하다.

그리고 학교에서 다른 학생의 시간까지 낭비하게 만든다.'

한편, 그가 이모 집에 살 때였습니다.

존의 어머니는 가끔 아들을 보러 왔는데

어느 날 어머니가 존에게 기타를 선물해 줬습니다.

그때부터 존은 기타에 빠져 살았습니다.

이모도 존이 기타를 치는 것을 응원했지만,

너무 빠져 있는 존에게 말했습니다.

"기타만 쳐서는 절대 큰돈 못 번다."

훗날 존은 전 세계적인 팝 스타로 성공을 거둔 후,

이모가 한 그 말을 금박으로 새겨 넣은 기념패를 만들어

이모에게 선물했습니다.

이모의 잔소리에도 꿈을 포기하지 않은 것을

기념하기 위해서 만들었다고 합니다.

그대의 꿈이 실현되지 않았다고 해서 가엾게 생각해서는 안 된다.
정말 가엾은 것은 한 번도 꿈꿔보지 않았던 사람들이다.

에센바흐

"이제까지 많은 사람이 시도해봤는데,
그건 어려워. 그만 포기해."

우리는 이러한 사회적 통념 앞에서
쉽게 무너지기 마련입니다.
이제까지 못 했으니 앞으로도 그럴 거라는 생각에
새로운 시도도 하지 않고 금방 포기해버리는 것입니다.

그러나 통념과 고정관념은 깰 수 있고,
새로운 길은 만들 수 있습니다.

단단한 통념의 껍데기를 벗겨내세요.
그러면 그 안에 담긴
달콤한 성공의 열매를
맛보게 될 것입니다.

자기 암시

한 청년이 등반하고 있었습니다.
한참을 오르던 청년은 숨이 차고 갈증이 나던 찰나
계곡에서 떨어지는 폭포 밑에 웅덩이를 발견하게 됐습니다.

벌컥벌컥, 꿀맛 같은 폭포수를 들이킨 후
몸을 돌리는 순간, 청년의 눈에 팻말 하나가 들어왔습니다.

[Poison] 독약.

자신이 독약이 들어 있는 물을 마셨다고 생각한 청년은
순간 얼굴이 하얗게 질리면서 구토가 나고,
몸에 열까지 오르기 시작했습니다.

이제 끝이라는 생각에 허둥지둥 산에서 내려와 병원을 찾았습니다.
진찰을 마친 의사는 몸에 아무 이상이 없다며,
병원을 찾게 된 경위를 물었습니다.

자초지종을 들은 의사가 껄껄 웃으며 말했습니다.

"그 팻말은 프랑스어로 [Poisson X] 낚시 금지입니다."

그러자 청년은 혈색이 돌아오고 구토가 멈추더니
체온도 정상으로 돌아왔습니다.

💬 자기 자신과 싸우는 일이야말로 세상에서 가장 힘겨운 싸움이며,
　　자기 자신을 이기는 일이야말로 세상에서 가장 값진 승리이다.

　　로가우

아주 당연하다고 인식하고 있는 상식이나
그에 대한 믿음 때문에
'이건 절대 해낼 수 없어'라며
포기한 일들이 있었나요?

생각은 몸을 지배하고,
몸은 행동을 지배하지요.
할 수 있다는 강력한 자기 암시를 하고
다시 도전해 보세요.
그럼 믿을 수 없는 결과가
눈 앞에 펼쳐질 것입니다.

이쯤에서 포기하는 게 맞습니다

대학 입시 공부를 위한 학원 수강생들은
보통 재수생, 삼수생이라고 해도
아직 사회생활을 경험하지 못한 풋풋한
청년들의 모습이 상상됩니다.

그런 수강생들 가운데 70대 노인 한 분이 계셨습니다.
성성한 백발, 주름진 피부의 얼굴로 입시학원
맨 앞자리에 앉아 강의를 듣고 계셨습니다.

알파벳도 제대로 모르는 노인이었습니다.
느린 걸음처럼 이해도 느리고 배움도 느렸습니다.
하지만 노인은 강의실 맨 앞자리에 앉기 위해
매일 새벽같이 학원을 찾아왔습니다.

학원 강사가 노인에게 물었습니다.
"할아버지, 왜 수업을 들으러 오시는지 물어봐도 될까요?"

노인이 대답했습니다.
"나는 공부하는 게 목적입니다.
그리고 열심히 공부해서 한의대에 합격하고 싶습니다."
강사는 조금 당황했습니다.

어린 학생 중에서도
노인의 큰 포부에 당황하여
순간 웃음이 터져 나온 학생도 있었습니다.

하지만 노인은 한 번도 힘들다고 말하지 않았습니다.
그저 묵묵히 노력했고 한 해, 두 해가 지나갔습니다.
그리고 수능이 끝난 뒤 어느 추운 겨울날,
노인은 인절미가 든 봉투를 품에 안고
자신을 가르치던 강사 선생님을 찾아왔습니다.

"선생님 됐습니다. 한의대에 붙었습니다."

눈물을 흘리며 감격하는 노인의 모습에
강사 선생님도 마음이 뭉클했습니다.
그리고 이른 새벽시장에서 막 만들어진
인절미 떡을 따뜻하게 전해주고 싶어서
품에 안고 왔던 것만으로도 감동적이었는데
노인이 뜻밖의 말을 했습니다.

"저는 대학 등록은 하지 않을 겁니다."

그동안 얼마나 치열한 노력을 했는지
잘 아는 강사는 노인의 말에 당황했습니다.
강사는 왜 한의대에 가지 않으려고 하는지 물었습니다.

"나는 6.25 전쟁도, 보릿고개도 겪었습니다.
그렇게 힘들게 살면서 자식들을 키워놓고 보니깐
지금껏 살면서 아무것도 배운 것이 없었습니다.
그래서 늦게라도 열심히 공부해
한의대에 붙는 게 목표였지요.
이제 그 목표는 다 이루었고, 제가 대학에 등록하지 않으면
간절히 원하는 다른 학생이 나보다 더 멋진
한의사가 되어 줄 것입니다."

💬 가장 유능한 사람은 가장 배움에 힘쓰는 사람이다.

괴테

훌륭한 꿈을 가진 멋진 사람입니다.
역경에 노력하는 빛나는 사람입니다.
나이와 숫자에 굴하지 않는 강한 사람입니다.
그리고 자신보다 미래와 후학을 생각하는
당신은 아름다운 사람입니다.

영원한 뽀빠이

누군가의 기억 속에 영원한 뽀빠이로 기억되는 한 분이 있습니다.
바로 이상용 씨입니다.

그가 과거 모 TV 프로그램에 출연하여
어린 시절, 아버지의 가르침에 관한 이야기를 했던 적이 있습니다.
당시 이상용 씨의 이야기는 사람들에게 훈훈한 감동을 주었고,
지금도 매스컴을 통해 회자되고 있습니다.
과연 어떤 이야기였을까요?

"아침밥 한 숟가락을 먹을 때,
농민들의 노고에 감사해라!"

"생선 한 토막을 먹을 때,
어민들의 노고에 고마워해라!"

"깨끗한 옷을 입고 나설 때,
근로자의 노고에 감탄하라!"

"깨끗이 쓸린 아침 길을 걸을 때,
너보다 일찍 나와 이 길을 쓸고 간 환경미화원에게 감사해라!"

그리고 마지막 회심의 한 마디는
"이렇게 살면 너의 하루는 건방지지 않을 거야."

부전자전일 테지요.
뽀빠이 이상용 씨는 온 국민이 좋아하는 국민 MC의 원조 격이었고,
좋은 일을 참 많이 했다고 합니다.

그러나 그런 그에게도 시련은 어김없이 다가옵니다.
강직한 성격은 주변에 적을 만들기도 하니까요.

그렇지만,
그는 바른 생각을 하시며 강직하게 살아가시는
그 아버지의 자식이었기에 꿋꿋하게 버텨낼 수 있었을 것입니다.

💬 아버지가 되기는 쉽다.
그러나 아버지답기는 어려운 일이다.

세링 그레스

결혼을 하면 부부가 되고
작은 가정을 이루지요.
아이를 낳으면, 조금 큰 가정이 됩니다.
이런 남편, 이런 아버지가 되고 싶단 생각은
누구나 한 번쯤은 해봤을 것입니다.

그러나 현실의 벽은 이상적인 남편과
아버지가 되기엔 너무 높기만 합니다.
점점 어깨가 무거워짐을 느끼는 순간이겠지요.

압니다. 당신의 어깨가 얼마나 무거운지...
그러나 당신은 그 이름도 빛나는 남편이고 아버지입니다.

무거운 어깨의 짐은 당신의 자식이
당신을 닮아 열심히 사는 모습으로 덜어 줄 것입니다.
아내는 그런 당신을 늘 자랑스러워할 거고요.

실컷 자랑스러워하세요.
당신이 있었기에 훌륭한 자식이
지금 존재하는 것이니까요.

94

아빠도, 엄마도, 언니도 모두 대학 동기죠

공부에 흥미를 잃고 중학교를 중퇴한 두 딸을 위해
아버지와 어머니가 같은 목표를 세우고
온 가족이 대학 동기생이 된 사연입니다.

2010년 10월, 자매는 공부해도 성적이 오르지 않고
학교생활에도 적응하지 못해 자퇴를 결정하고 맙니다.

1999년부터 만성신부전증으로 혈액 투석을 받기 시작해
앞으로 10년 정도밖에 살 수 없다는 말을 들었던 아버지.
딸들을 만류하지 못한 죄책감에 죽기 전 아이들에게
삶의 목표와 살아가는 법을
직접 가르쳐 주기로 마음 먹었습니다.

아버지는 두 딸이 공부에 흥미를 갖게 하려고,
공부를 가르치며, 몸개그도 하고
유명 그룹의 춤도 춰주었습니다.
아프신 몸으로 자신들을 위해 고군분투하는 아버지의 모습에
딸들은 서서히 공부할 동기가 부여되기 시작했습니다.

어머니 또한 간호사로 일하면서 하루 3교대 업무에도 불구하고
저녁이면 아이들과 동영상 강의를 듣고 함께 공부했습니다.
대학 졸업장이 있어 편입할 수 있었지만,
아이들과 진도를 맞추기 위해 재입학을 선택하였습니다.

부모님의 노력과 응원에 힘이 난 딸들은
중졸 검정고시와 고졸 검정고시를 같은 해 통과했습니다.
그렇게 부모님과 함께 2012년 한국 방송통신대 법학과에 입학한
두 자매는 이런 말을 남겼다고 합니다.

'꿈이 이루어져도 우리 가족은 계속 공부할 것입니다.'

💬 인생은 목표를 이루는 과정이 아니라 그 자체가 소중한 여행일지니
서투른 자녀 교육보다 과정 자체를 소중하게 생각할 수 있는
훈육을 시키는 것이 더욱 중요하다.

키르케고르

질풍노도의 시기를 거쳐
하루에도 수없이 부모님의 마음을 아프게 하는 자녀들.
우리 아이만 유별나서 부모를 힘들게 하는 건 아닙니다.
그러니 아이 탓만 하지 말고, 끝까지 지켜봐 주세요.

같이 공부해 주고, 같은 것을 공유해 주지 않아도
자신들을 믿어주는 부모님을 발견한다면,
반드시 제자리로 돌아올 것입니다.

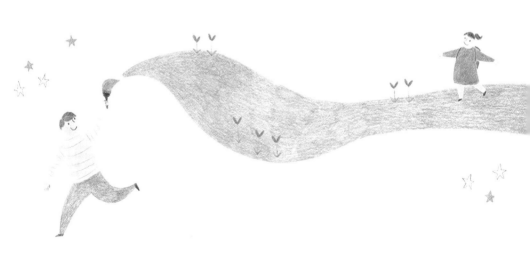

세탁소의 사과문

어느 아파트 근처에 있는 세탁소에서 불이 났습니다.
불은 세탁소 전부를 태웠고, 며칠이 지난 후 아파트 벽보에는
'사과문' 하나가 붙었습니다.

사과문에는 불이 나 옷이 모두 타서 죄송하다는 이야기와
옷을 맡기신 분들은 옷 수량을 신고해 달라는
내용이 적혀있었습니다.

공고가 붙은 후,
한 주민이 공고문 아래에 글을 적고 갔습니다.

당연히 옷 수량을 적어 놓은 글인 줄 알았지만,
뜻밖에도 이런 글이 적혀 있었습니다.
'아저씨! 저는 양복 한 벌인데 받지 않겠습니다.
그 많은 옷을 어떻게 보상 하시겠습니까? 용기를 내세요.'

그 주민 말 한마디에 아파트 주민들이
배상을 받지 않겠다고 속속 나서기 시작했습니다.

그 후 누군가 금일봉을 전했고,

금일봉이 전달된 사실이 알려지자

많은 사람들이 도움의 손길을 보내왔다고 합니다.

얼마 뒤 아파트 벽보에 또 한 장의 종이가 붙었다고 합니다.

다름 아닌 '감사문'이었습니다.

'주민 여러분! 고맙습니다!

월남전에서 벌어온 돈으로 어렵게 일궈 온 삶이었는데,

한순간에 모두 잃고 말았습니다.

하지만 여러분의 따뜻한 사랑이 저에게 삶의 희망을 주었고,

저는 다시 일어설 수 있었습니다.

꼭 은혜에 보답하겠습니다.'

희망이란 본래 있다고도 할 수 없고 없다고도 할 수 없다.
그것은 마치 땅 위의 길과 같다.
본래 땅에는 길이 없었다.
걸어가는 사람이 많아지면 그것이 곧 길이 되는 것이다.

루쉰

나비의 날갯짓처럼 작은 변화가
폭풍우와 같은 커다란 변화를 유발하는 현상을
'나비효과'라고 합니다.

나비효과처럼 혼자만의 작은 선행과 배려로 시작한 일이,
세상 전체를 움직이고 변화시킬 만큼
큰 힘을 가질 수도 있는 것입니다.

희망이 없던 사람도
가진 것이 적은 사람도
그 힘을 가질 수 있습니다.

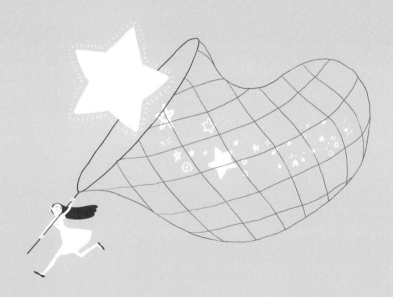

세상에 하찮은 일은 없습니다

영국 런던 캔터베리 대성당에 '니콜라이'라는 집사가 있었습니다.
그는 17세 어린 나이부터 성당의 사찰 집사가 되어
평생을 성당 청소와 심부름을 하였습니다.

하지만 자기 일이 허드렛일이라고 생각하지 않았고
맡은 일에 헌신하고 최선을 다했습니다.

그가 하는 일 중에는 시간에 맞춰
성당 종탑의 종을 치는 일이 있었습니다.
성당 종을 얼마나 정확하게 쳤던지
런던 시민들은 도리어 자기 시계를 니콜라이
종소리에 맞추었다고 합니다.

그렇게 자신에게 엄격한 모습은 자녀들에게도 영향을 미쳐
그의 두 아들 역시 자기 일에 최선을 다해
케임브리지와 옥스퍼드 대학의 교수가 되었습니다.

세월이 흘러 그는 노환으로 임종을 앞두고 있었습니다.
의식이 점점 멀어지던 그가 갑자기 벌떡 일어나
가족들이 놀라는 가운데 종탑으로 갔습니다.

그때는 그가 평생 성당 종을 쳤던
바로 그 시간이었던 것입니다.

그는 마지막 순간에도 정확한 시간에 종을 치고
종탑 아래에서 세상을 떠났습니다.

이 소식에 감동한 엘리자베스 1세 여왕은 영국 황실의 묘지에
그를 안장해 주었고, 그의 가족들을 귀족으로 대우해
주었습니다.

모든 상가와 시민들은 그날 하루는 일하지 않고
그의 죽음을 애도하였으며 그가 세상을 떠난 날이
공휴일로 지정 되었습니다.

💬 행복의 비밀은 자신이 좋아하는 일을 하는 것이 아니라
자신이 하는 일을 좋아하는 것이다.

앤드류 매투스

니콜라이의 직업은 심부름꾼, 종 치기, 청소부였습니다.

하지만 니콜라이는 자신의 의지와 헌신과 노력으로

그 일을 고귀한 것으로 만들어 내었습니다.

자신의 하는 일이 하찮은 것인지

고귀한 것인지는 남이 정해주는 것이 아닙니다.

그렇기 때문에 세상에 하찮은 일은 없습니다.

어떠한 일이든 진심으로 헌신하고 노력한다면

그 일은 세상에서 가장 고귀한 일이 될 수 있습니다.

순대국밥 주세요

40년 전 가난하게 살던 우리 집은
매서운 찬바람보다 배고픔이 더 강렬하던
시절이었습니다.

12월쯤 되었을 때 초등학생이던 저는
아버지의 귀가를 기다리고 있었습니다.
사실 어머니는 제가 더 어렸을 때 돌아가셨습니다.
그날따라 더욱 늦어진 아버지의 퇴근…
이윽고 언덕 너머로 아버지가
보이기 시작했습니다.

"아빠!"

크게 소리치면서 달려오는 저를 보고
아버지는 멋쩍어하시면서도 환히 웃으셨습니다.
배고팠을 아들 생각에 미안해진 아버지는
저를 데리고 서둘러 식당이 있는
골목으로 들어갔습니다.

그러나 밤 9시가 다 된 시각에
문을 연 식당이 거의 없었습니다.
할머니가 운영하시는 조그만 식당 하나만
불이 켜져 있습니다.

저희 부자는 어렵게 식사를 부탁해서
자리에 앉았습니다.

"수철아, 뭐 먹을래?"
"저는… 순대국밥이요!"
"할머니, 여기 순대국밥 한 그릇만 주세요!"
"아버지는요? 아버지는 안 드세요?"
"괜찮다. 난 저녁 먹고 왔다."

저는 그 말씀을 철석같이 믿고 먹기 시작했습니다.
아버지는 그런 저를 쳐다보시며 이런저런
이야기를 해주셨고요.

초등학생인 제가 다 먹기에는 양이 많아서
숟가락을 내려놓으니 아버지는 그제야
제가 남긴 음식을 드셨습니다.

"음식 남기기가 아까워서 그러는 거야."

멋쩍게 말씀하시던 아버지…
이제는 그때의 아버지 마음을 알 것 같습니다.
자식의 배가 불러야 비로소 배고픈 사람이
'아버지'라는 것을요.

💬 우리 자신이 부모가 될 때까지
우리는 부모님의 사랑을 결코 알지 못합니다.

헨리 워드 비처

아무리 배가 고파도 내 아이가
맛있게 먹는 게 더 배부르고,
직장 업무로 힘들고 지쳐서 집에 들어와도
내 아이가 웃으면 모든 피로가
금세 사라집니다.

그것이 부모입니다.
그것이 사랑입니다.

반 잔의 커피

대학생인 남녀가 친구의 소개로 소개팅을 했습니다.
남자의 첫인상이 여자는 마음에 들지 않았지만,
남자는 여자가 정말 마음에 들었습니다.

그래서 초콜릿도 선물하고 의자도 빼주는 등
남자가 할 수 있는 최대한의 친절을 베풀었습니다.
그러나 여자는 그런 남자의 행동이 오히려
더 부담스럽고 싫었습니다.

여자는 여전히 남자에게 큰 호감은 없었지만,
지금은 가끔 차도 마시고 도서관도 함께 가는
가벼운 친구 관계가 되었습니다.

그렇게 얼마의 시간이 흘렀습니다.
어느 가을날, 여자는 도서관에서 책을 보다가
잠시 밖에 나왔는데, 창밖에는 부슬부슬
비가 내리고 있었습니다.

따뜻한 커피 한 잔이 생각난 여자는
자판기로 향했습니다.
그런데 고장 난 커피 자판기…
커피를 마시려면 한참 다른 곳으로
가야 했습니다.

그때, 함께 간 남자가 어디론가 뛰어갔습니다.
그리고 얼마 후 뜨거운 커피 두 잔을 손에 들고
여자 곁으로 다가왔습니다.

얼마나 뛰었던지…
뜨거운 커피가 손목에 흘러 빨갛게
부어올라 있었습니다.

남자는 아무렇지도 않다는 듯 말했습니다.
"커피 한 잔을 들고 뛰면 절반은 흘릴 거 같아서
두 잔을 뽑아왔는데 이렇게 합치면
한 잔이 될 거야."

순간 여자는 아무것도 할 수 없었습니다.
미련하게 화상까지 입은 남자를 탓할 수도 없었고,
흘린 커피 두 잔을 한 잔으로 합쳐 자신만
마실 수도 없었습니다.

여자는 반 잔의 커피가 담긴 한 잔을
남자에게 건네고 한 잔은 자신이 마셨습니다.
남자의 사랑이 담긴 반 잔의 커피는
이제까지 먹었던 커피 중 가장
맛 좋은 커피였습니다.

그날 이후, 여자는 남자의 진심을 알게 되었고,
결국 결혼까지 하게 되었습니다.

💬 사랑받고 싶다면 사랑하라.
그리고 사랑스럽게 행동하라.

벤저민 프랭클린

상대방 마음의 문을 여는
가장 확실한 방법은 정면돌파입니다.
진심을 품고 그에게, 혹은 그녀에게
직진하는 것입니다.

닫힌 마음도 진심 앞에선 열릴 수 있습니다.

치킨집 사장님

코로나19로 모두가 힘든 가운데 있습니다.
제가 아는 지인분은 작은 치킨집을 운영하고 있는데
코로나19로 더욱더 힘들다고 합니다.

특별히 요즘 같은 더운 여름철이면
주말이 아니더라도
치킨에 맥주 한잔하려는 손님들로
북쩍였다고 합니다.

그런데 요즘에는 가게를 찾아오는 손님이
확연하게 줄었다고 하네요.
그나마 배달 손님이 없었다면 벌써 가게 문을
닫았을 수도 있었다면서 걱정이 많더라고요.

지인은 배달 손님을 더 늘리기 위해서 고민하다가
문득 전에 TV에서 본 이연복 중화요리
요리사가 생각났다고 합니다.

그 프로그램에서 이연복 씨가 외국에서
푸드트럭을 운영하고 있었는데, 손님이 없을 때
오히려 더 열심히 요리를 만들고 냄새를 풍겨
지나가는 사람을 유혹하는 것이었습니다.

그 모습이 생각난 지인은 한가한 시간에는
바로 튀긴 치킨 몇 마리를 들고
근처 아파트 복도를 계속 왔다 갔다 했다고 합니다.

그렇게 며칠 동안 계속했지만,
주문은 늘지 않고 몸은 점점 힘들어지고
회의감도 오기 시작했습니다.
그러나 포기하지 않고 더 열심히 하셨습니다.

그런데 어느 순간부터 치킨 주문이
늘기 시작하면서 이제는 예전만큼 매출이
올라왔다고 합니다.

💬 세상은 고난으로 가득하지만, 고난의 극복으로도 가득하다.

헬렌 켈러

'하늘은 스스로 돕는 자를 돕는다'

현명하게 노력하는 사람은
고난 앞에서도 포기하지 않습니다.
아무리 힘들고 어려운 일이라도 해결할 방법은
반드시 있기 때문입니다.

택시기사 남편

3년 전 남편이 정년퇴직했습니다.
한 회사에서 30년 이상 같은 일을 해왔던
남편은 그동안 자기가 일했던 분야에서
다시 일해 보겠다며 무수히 많은 곳에
이력서를 넣어보더군요.

남편은 아직 얼마든지 일할 수 있고
일자리를 찾을 수 있다며 자신만만해했지만,
나이가 많아서인지 번번이 거절당하기
일쑤였습니다.

가족을 위해 평생 일한 남편에게
이제는 그만 쉬어도 좋다고 말했지만,
대학생인 늦둥이 아들이 걸렸는지
계속 일을 구하러 다녔습니다.

남편은 자식 교육만은 자신이 끝까지
마치게 해주고 싶다며 계속
고집을 피웠습니다.

이력서 돌리는 것을 포기하고 사업을 한다고
일 년 동안 열심히 지방을 돌아다녔으나
이것도 잘 풀리지 않았습니다.

이것저것 고민하던 남편은
결국 택시기사로 나서기로 했습니다.

그런데 택시기사가 그렇게 고된 일인 줄 몰랐습니다.
때로는 아침 해를 보며 퇴근하는 남편의 낯빛이
점점 검어지는 것 같았습니다.
참다못한 제가 차라리 다른 일을 구해보라며
만류했지만, 남편은 그저 웃었습니다.

"몸은 고되고 힘들어도 손님들을 만나
다양한 사람들에게 이야기를 듣는 것이 너무 좋아.
예전 회사에 다닐 때보다 지금이 더 행복하니
당신은 걱정하지 않아도 돼."

택시 운전을 하면서 많은 것을 배운다는
남편의 진심 어린 말에 저도 그냥 웃으면서
넘기게 되었습니다.

💬 도전은 인생을 흥미롭게 만들며, 도전의 극복이 인생을 의미 있게 한다.
조슈아 J. 마린

나이가 많아도 도전할 수 있습니다.
지금 어떤 일을 하든, 어떤 자리에 있든
자신감을 잃지 말고 최선을 다해 보세요.

어떤 환경에서든 열심히 삶을 살아갈 때
인생은 더욱 빛날 것이며, 다른 이들도 그 가치를
알아봐 줄 것입니다.

117

상실은 새로운 기회입니다

갈릴레오 갈릴레이가 세상을 떠난 해인 1642년,
영국 동부지역 울즈소프에서 우울한 환경 속에
한 아이가 태어났습니다.

아이의 아버지는 아이가 태어나기도 전에
세상을 떠나 유복자로 태어난 아이는
미숙아였습니다.

그리고 아이의 어머니는 아이가 겨우 말을
배우려고 할 때 다른 남자와 재혼해
아이를 떠났습니다.

부모에게 별다른 관심을 받지 못하며 자란
아이는 혼자 있을 때가 많았습니다.
남들이 보기에는 괴상한 상상을 하며
사과나무 아래 혼자 앉아 있는 소년에게는
변변한 친구도 생기지 않았습니다.

공부를 잘하는 아이도 아니었습니다.
그저 사이가 나쁜 학교 친구에게
성적으로 업신여김을 당한 것이 분해서
공부를 시작했을 뿐입니다.

그런데 그렇게 시작한 공부는 아이의 인생을
올바른 방향으로 이끌었습니다.
그 후 천신만고 끝에 열망하던 대학에 들어가
학업을 마쳤습니다.

하지만 그 이상의 지식을 원하여
박사학위 과정을 들어가려고 할 때
유럽에 흑사병이 창궐했습니다.
지역의 모든 대학이 문을 닫았고
청년이 된 그는 아무것도 못 하고 낙담하며
다시 고향으로 내려왔습니다.

몸과 마음은 이미 청년이 되었지만,
그는 아이였을 때와 똑같이 사과나무 아래 주저앉아
푸념하는 것 말고는 더는 할 수 있는
일이 없었습니다.

'겨우 여기까지 왔는데 이게 뭐람.
내 인생은 출생부터 지금까지
모두 변변치 못하네.'

그때 사과 한 개가 '툭' 떨어졌습니다.
그리고 청년은 생각했습니다.

'왜 사과는 옆으로 안 떨어지고
위에서 아래로 떨어지는 걸까?'

이 의문이 인류 과학사의 흐름을 바꿨습니다.
아이작 뉴턴의 '만유인력의 법칙'을 탄생시킨
의문이었습니다.

좌절의 시간은 잊어라.
그러나 그것이 준 교훈은 절대 잊지 말라.

하버트 S. 개서

사후 300년 가까이 된 지금까지,
세계 과학자들의 칭송을 받는 뉴턴이지만
그의 삶은 불행했다고 합니다.
더구나 인류 역사의 흐름을 바꾼 만유인력이 탄생한
사과나무 아래는 뉴턴에게 있어 최악의
낙담의 현장이었습니다.

하지만 바로 그곳에서 역사에 남을
과학지식이 탄생할 수 있었습니다.
꿈을 잃었다고 절망할 일이 아닙니다.
상실은 새로운 기회입니다.

어머니의 기도

총탄이 빗발치듯 날아드는 전쟁터에서
병사 한 명이 총에 맞아 쓰러졌습니다.
총에 맞은 병사는 고통에 몸부림치고 있었지만,
아무도 그 병사를 구하러 달려가지 못하고 있었습니다.

적들이 쏟아내는 맹렬한 사격과 포격에
참호 밖으로 머리를 내미는 것도
힘겨운 상황이었습니다.

그런데 자신의 손목시계를 빤히 쳐다보던
병사 한 명이 벌떡 일어나 다친 병사가
있는 곳으로 거침없이 달려갔습니다.

부상자에게 뛰어가는 병사를 본 다른 병사들은
안타깝게 소리쳤습니다.

"그만둬. 잘못하면 너도 죽을지 몰라!"

하지만 망설임 없이 부상자에게 달려간 병사는
조금도 주저하지 않고 부상자를 둘러업고
있는 힘을 다해 달려서 아군 진지로 무사히 돌아왔습니다.

전투가 마무리된 후 지휘관이 부상자를
구출한 병사를 불러 물었습니다.

"자네는 전투 중에 왜
시계를 보고서 병사에게 달려갔는가?"

그러자 병사는 대답했습니다.

"예, 제가 전쟁터에 나가기 전,
어머니께서 제게 말씀하셨습니다.
매일 12시가 되면 저를 위해 기도를 하겠다고요.
그러니 저보고 안심하고 다녀오라고 했습니다.
그때 제가 시계를 보았을 때가
바로 12시였습니다."

병사는 어머니의 기도와 마음을 믿고
총알이 빗발치는 가운데 목숨을 걸고
동료를 구하러 갔던 것입니다.

💬 신념을 지닌 사람 한 명의 힘은 관심만 가지고 있는 사람 아흔아홉 명의 힘과 같다.
존 스튜어트 밀

큰 위기 앞에 주저앉지 않고
앞으로 달려 나갈 수 있는 사람은
누구나 마음속에 굳건한 믿음을 가지고 있습니다.

그 믿음은 스스로 정한 소신과 신념일 수도 있고,
뜨거운 신앙심으로 엮은 믿음일 수도 있고,
누군가의 사랑이 전한 마음의 믿음일
수도 있습니다.

당신이 사랑하는 사람에게 전하는 그 마음이
세상 무엇보다 굳건한 믿음과 희망이
될 수 있습니다.

마스크와 손편지

이제는 마스크를 구하는 것이 조금 편해졌지만
한때 마스크를 사기 위해서 약국에 줄을
길게 서기도 했습니다.

다들 마스크가 모자라 전전긍긍하던 시기에
저는 운 좋게도 지인이 오래전 구매해놨던 마스크를
넉넉하게 선물로 받을 수 있었습니다.

TV 뉴스를 통해 약국에 줄을 서서
마스크를 구매하는 사람들의 모습을 보고서는
문득 아래층에 사시는 노부부 어르신들이
생각났습니다.

아래층에 이사 왔을 때 시끄럽게 해 미안하다며
음식을 싸 와서 인사하시던 분들이었습니다.
그리고 자녀들이 모두 외국에 나가 살고 있어
일 년에 한 번 손자 손녀 보기도
힘겨우신 분들입니다.

외국에서 손자 손녀들이 다녀간 다음 날이면
애들 뛰어다니는 소리 때문에 시끄럽게 해 미안하다며
또 음식을 싸 와서 전해주셨습니다.

이제 슬슬 거동도 불편하신 분들이
마스크를 구해서 사용하고 계시는지
신경도 쓰이고 걱정도 되었습니다.

그래서 조심스럽게 찾아가 인사드리고
마스크 한 묶음을 포장해서 노부부 어르신에게
드리고 돌아왔습니다.

그런데 며칠 지나서 저희 편지 우편함에
'204호 귀하'라는 손편지가 있었습니다.
아래층에서 보내온 것이었습니다.

To.

전에도 혹시 급한 일이 생기면

연락하라고 해서 정말 고맙게 생각하고 있었는데

마스크를 챙겨주어서 너무 감동했어요.

이렇게 따뜻한 마음을 가진 이웃이 있어서 정말 행복합니다.

우리는 우리 하루 사는 것만 생각하다 보니 부끄럽네요.

딸 가족은 미국에, 아들 가족은 캐나다에···

나이가 드니 살아가는 의미가 별로 없는 것 같았는데

마음으로 많이 힘이 되어 주어서 정말 고맙습니다.

좋은 일 많이 생기시기를···

어리석은 자는 멀리서 행복을 찾고, 현명한 자는 자신의 발치에서 행복을 키워간다.
제임스 오펜하임

'가까운 이웃이 먼 친척보다 낫다'는
속담에서 알 수 있듯이 우리나라는
예부터 이웃과의 인연을 소중히 하고
화목한 나눔을 아끼지 않았습니다.

사랑과정은 크고 복잡하게 생각할 필요가 없습니다.
멀고 어려운 것을 생각할 필요도 없습니다.
가까운 이웃에게 조금만 더 친절하고
웃음을 나눌 수 있는 것만으로도
충분히 크고 아름다운 사랑입니다.

아버님 제가 착각을 했습니다

오래전 한 선생님이 있었습니다.
그 선생님은 임용고시에 합격하고 처음으로 담임을 맡았는데
60명 가까이 되는 반 학생들의 이름을 외우는 일이 너무 힘겨웠습니다.

그러던 중 우연히 길에서 학부모 한 분을 만났습니다.
학부모는 자신의 아이 이름을 말해 주었지만
선생님은 그 학생이 누군지 기억해 내는 데
조금 시간이 걸렸습니다.

가까스로 그 학생이 누구인지 생각해낸 선생님은
학부모에게 반갑게 말했습니다.

"자녀분이 이번 시험에서 3등을 했습니다.
이렇게 열심히만 하면 앞으로 좋은 결실을 볼 거라
기대되는 학생입니다."

다음날 학교에서 학적부와 성적표를
다시 살펴본 선생님은 크게 당황했습니다.
다른 학생과 착각을 했던 것입니다.

선생님이 학부모에게 칭찬했던 학생은
중위권 성적이었습니다.

선생님은 참으로 난처했습니다.
시험 성적표를 받아 볼 학부모는 크게 실망하고
심지어 화를 낼지도 모를 일이었습니다.
어쩌면 자신의 실수 때문에 죄 없는 학생이
부모로부터 크게 곤욕을 치를지도 모를 일이었습니다.

선생님은 자신의 실수를 바로잡기로 했습니다.
하지만 그 방법은 학부모에게 자신의 실수를
고백하고 사죄하는 것이 아니라 그 학생을
우등생으로 키워 보기로 한 것입니다.

선생님은 상담을 통하여 학습 방법의
결함도 찾아보고, 학생의 긴장이 풀린 것 같으면
따로 불러서 격려도 했습니다.

그렇게 한 학생의 효과적인 학습 방법을 찾다 보니
자연스럽게 다른 학생들의 학습지도도
좋아졌고 덕분에 그 선생님의 반 학생들의 성적이

모두 좋아져 많은 학생이 대학으로
진학하게 되었습니다.

그리고 당연히 처음 이름을 착각했던 학생도
원하는 대학에 당당히 합격했습니다.

졸업식에 찾아온 그 학부모는 선생님의
손을 잡고 너무도 감사해했습니다.
그런 학부모의 행동에 선생님은 속으로 말했습니다.

'아버님! 사실은 그때 제가 착각을 했습니다.
거짓말을 한 것처럼 된 저의 실수를
메우기 위해서 노력했던 것이지, 결코 제가
훌륭해서가 아닙니다.'

💬 실수와 착오가 일어나도 실망하지 말라.
　　자기의 실수를 깨닫는 것처럼 공부가 되는 것은 없다.
　　그것은 자기를 교육하는 가장 좋은 방법의 하나이다.
　　칼라일

사람은 누구나 실수를 합니다.
그런데 그 실수를 받아들이는 자세는
사람마다 모두 다릅니다.

어떤 사람은 실수와 실패에 좌절하기도 하고
또 어떤 사람은 그저 변명만 하며 달아나려 합니다.

하지만 어떤 사람은 그 실수와 실패를
기회로 삼아 오히려 더욱 발전합니다.
우리도 실수를 기회로 만들어보는
긍정적인 사람이 되어보세요.

한 손으로도 손뼉을 치다

2차 세계대전이 끝날 무렵, 미국 시애틀의
재향군인병원에서 참전용사를 위한 공연이 열렸습니다.
이 공연의 기획자는 당시 유명한 희극배우
'지미 듀랜트'를 섭외하려 노력했습니다.

하지만 최고의 인기를 구가하여 분 단위의
빡빡한 일정을 소화하던 지미 듀랜트는
참가를 쉽게 허락할 수 없었습니다.

"그날 내 일정은 이미 가득 차 있습니다.
고작 10분 정도밖에 시간을 낼 수 없을 것 같은데
그래도 괜찮습니까?"

그러나 기획자는 그가 와준다는 것만으로도
아주 기뻐하며 그의 출연을 간곡히
부탁했습니다.

공연 당일 약속을 지킨 지미 듀랜트는
위문 공연의 무대 위에 올랐습니다.

그런데 그는 짤막한 원맨쇼를 끝내고 나서도
무대에서 내려올 생각을 하지 않았습니다.
공연을 즐겁게 관람하는 참전용사들은
당대 최고 코미디언의 쇼를 한 시간 가까이 보면서
환호성을 질렀습니다.

병원장은 지미 듀랜트를 섭외한 의전 장교를 불러
"자네는 1계급 특진일세." 하며
어깨를 두드려 주기도 했습니다.

그렇게 지미 듀랜트의 쇼가 끝난 후 기획자가
의외라는 듯이 물었습니다.

"어찌 된 일입니까? 이렇게 길게 공연을 하시다니
선생님의 출연료를 10분 분량밖에 준비하지 못했는데
이렇게 긴 공연의 출연료는 여력이 없습니다."

기획자의 말을 들은 지미 듀랜트는
무대 앞줄의 참전용사 두 사람을 가리켰습니다.
두 사람은 전쟁에서 한쪽 팔을 잃은 사람들이었습니다.

그런데 왼팔이 없는 병사와 오른팔이 없는 병사가
남은 한쪽 손을 부딪치며 아주 즐거운 표정으로
열심히 손뼉을 치고 있었습니다.

"저는 저 참전용사분들로부터 귀한 교훈을 얻었습니다.
두 손이 온전한 사람만이 손뼉을 치는 것이
아니라는 것을 알게 되었습니다.
제가 여기서 받은 오늘의 감동은
몇십 분의 무료공연보다 비교할 수 없을 만큼
훨씬 더 귀하고 값진 것입니다."

누군가는 성공하고 누군가는 실수할 수도 있다.
하지만 이런 차이에 너무 집착하지 말라.
타인과 함께, 타인을 통해서 협력할 때에야
비로소 위대한 것이 탄생한다.

생텍쥐페리

세상에 어떤 사람도 완벽한 사람은 없습니다.
부족한 부분이 있기에 서로 협력하고
도우면서 사는 것입니다.

서로 모자란 부분을 함께 도울 수 있다면
우리는 모두 지금보다 더 힘찬 전진을
할 수 있습니다.

상하이 대첩

2004년 10월 12일.
'농심 신라면배 세계바둑 최강전'
대회가 열렸습니다.

해당 대회는 한 · 중 · 일의 프로바둑기사들이
5명씩 팀을 이뤄 출전하는 국가대항전 방식으로
이긴 사람만 다음 경기에 출전할 수
있는 대회였습니다.

한국은 이전 대회에서 계속 우승을 했고
바둑 강국 중국과 일본은 한국을 이기기 위해
노력을 기울이고 있던 때였습니다.

한국 역시 방심하지 않았습니다.
한종진 5단, 안달훈 6단, 유창혁 9단,
최철한 9단, 이창호 9단으로 구성된
최강의 팀을 출전시켰습니다.

하지만 뚜껑을 열어보니 어이없는 상황이 펼쳐졌습니다.
대회 1라운드 만에 이창호 기사를 제외한
전원이 탈락한 것입니다.

심지어 최철한 기사가 1승을 했을 뿐,
나머지 기사들은 단 한 번도 이기지 못하고
탈락한 충격적인 패배였습니다.

마지막 3라운드에 남은 기사는
중국 3명, 일본 2명 그리고 한국은
이창호 기사 혼자였습니다.

한국이 대회에서 우승하려면 이창호 기사 혼자
중국과 일본의 5명의 기사를 모두
이겨야 하는 상황이었습니다.

드디어 한국바둑을 이긴다고 예상한
일본과 중국은 축제 분위기였습니다.
중국과 일본 언론에서는 이창호 기사의 우승 확률은
3%도 되지 않는다며 기뻐했습니다.

심지어 한국에서조차 당시 몸 상태가 좋지 않았던
이창호 기사가 우승할 것이라고는 예상하지 않았습니다.

마지막 3라운드가 펼쳐지는 상하이에서
대회장으로 들어가는 중국 기사들과
이창호 기사의 모습이 찍힌 사진을 보면
중국 기사들은 웃음과 함께 담소를 나누고 있지만
홀로 대회장으로 들어가는 이창호 기사는
외로워 보이기까지 했습니다.

그렇게 펼쳐진 3라운드.
이창호 기사는 중국의 러쉬허, 일본의 장쉬,
중국의 왕레이, 일본의 왕민완, 중국의 왕시
5명을 연달아 격파하고 5연승을 거두어 우승을 거머쥐었습니다.

아무도 예상 못 한 결과에
일본은 침묵했고 중국은 분노했습니다.
엄청난 위업을 달성한 이창호 기사의 우승은
'상하이 대첩'이라 불리고 있습니다.

💬 노력을 이기는 재능은 없고, 노력을 외면하는 결과도 없다.

이창호

이창호 기사의 우승 후 중국의
또 다른 바둑 강자인 창하오 9단은
사람들에게 말했습니다.

"다른 한국 기사를 모두 꺾어도
이창호가 남아있다면, 그때부터 시작이다."

살다 보면 수많은 실패와 마주치게 됩니다.
노력으로도 어쩔 수 없는 한계가
있기 때문입니다.

하지만 실패하는 사람들을 잘 살펴보면
아직 완전히 실패하지 않았는데
중간에 포기하는 사람들이 많다는 것에
놀라게 됩니다.

포기와 실패는 다릅니다.
실패한 사람은 그 실패의 경험을 딛고
다시 도전할 수 있지만 포기한 사람은
절대로 다시 도전할 수 없습니다.

나의 역경은 축복이었습니다

덴마크가 낳은 세계 최고의 동화 작가.
전 세계적으로 덴마크 정서의 발흥에 이바지한
일등 공신인 '한스 크리스티안 안데르센'은
동화 작가로 성공하기 전에는 힘들고
어려운 시절을 겪어야 했습니다.

가난한 구두 수선공의 아들로 태어나
힘겹게 살아가던 중 갑작스럽게
아버지가 돌아가셔서 학교도
제대로 마치지 못했습니다.

더구나 자신을 못생겼다고 생각하는
외모 콤플렉스가 심해서 친구도 없이
혼자 노는 어린 시절을 보냈습니다.

성인이 된 안데르센은 배우가 되기로 하고
코펜하겐으로 상경했습니다.
하지만 안데르센의 발음은 이상했고,
몸이 둔해 춤도 출 수 없었습니다.

배우로서 아무도 거들떠보지 않는 상황에
안데르센은 심하게 좌절했습니다.

다시 작가가 되기로 결심하고 글을 썼습니다.
하지만 제대로 교육받지 못한 안데르센은
맞춤법조차 틀리기 일쑤였고 그러한 그의 원고는
모든 출판사에서 거절했지만, 안데르센은
좌절하지 않았습니다.

'선천적으로 몸이 둔한 것은 어쩔 수 없지만
맞춤법은 공부하면 고칠 수 있어.'

그리고 라틴어 학교에 입학하여 다시 공부하고
자신의 인생을 바탕으로 동화를 썼습니다.

안데르센이 실연을 당해 가슴 아팠던 경험은
'인어공주'의 이야기가 되었으며
알코올 중독으로 아버지가 돌아가시고
가난한 환경과 학대받았던 경험은
'성냥팔이 소녀'가 되었습니다.

그리고 친구도 없이 혼자 지내던 경험은
'잠자는 숲속의 공주'가 되었으며
친구들로부터 못생겼다고 놀림을 당했던 경험은
'미운 오리 새끼'가 되었습니다.

안데르센은 자신이 겪었던 역경의 시간은
오히려 축복이었다고 말했습니다.

💬 역경은 당신에게 생각할 수 없는 것을 생각하게 할 용기를 준다.

앤디 그로브

사람은 누구나 역경을 겪게 마련입니다.

하지만 그것을 정면으로 돌파할 수 있다면,

어쩌면 당신을 더 크고 위대하게 성장시키는

발판일지도 모릅니다.

다시 일어서는 힘

IQ(intelligence quotient)는
지능지수를 나타내는 지표로 오래전부터 지금까지
여러 방면에서 사용되고 있는데 그동안 사람들은
IQ 테스트를 받고 지적 수준을 평가받았습니다.
하지만 인간의 수준을 숫자로만 판단하던
IQ에게 EQ라는 라이벌이 생겼습니다.

EQ(emotional intelligence quotient)는
감성지수의 지표로 '마음의 지능지수'라고도 합니다.
EQ는 거짓 없는 자기의 느낌을 솔직하게 인정하고
낙관적인 생각을 유지할 수 있는 능력,
남을 배려하고 공감할 수 있는 능력,
집단 속에서 조화와 협조를 중시하는 능력 등으로,
인간의 총명함은 IQ가 아니라 EQ로 나타내는
것이라고 했습니다.

그런데 IQ라는 유리창은 바닥에 떨어뜨리면 깨져 버리고,
EQ라는 진흙은 바닥에 달라붙어 버립니다.

그러나 공은 상쾌하게 튀어 올라 더 높이 날아갑니다.
이 공은 역경을 이겨내고 회복하는 힘을 의미하는
'역경지수 AQ(Adversity Quotient)'라고 합니다.

아무리 지능지수(IQ)나 감성지수(EQ)가
높다고 해도 역경을 이겨내지 못하면
성장할 수 없다는 점에서 AQ는 중요하게
생각되고 있습니다.

AQ는 실패를 거듭할수록 높아진다고 합니다.
실패를 많이 겪어 본 사람은 역경을
이겨내는 능력이 발달하여 그만큼 성공할
가능성도 커진다는 것입니다.

급변하고 불확실한 세상 속에서
우리에게 가장 필요한 것은 다시 일어서는 힘
역경지수 AQ가 아닐까 싶습니다.

💬 역경은 당신에게 생각할 수 없는 것을 생각하게 할 용기를 준다.
　　앤디 그로브

역경지수가 높은 사람일수록
어떤 상황에도 도전하려는 의지가 강하고
위험을 긍정적으로 감수한다고 합니다.

성공이라는 산을 오르는 사람들에게
총명함과 따스함도 꼭 필요하지만
역시 가장 중요한 것은 역경을 극복하는
의지가 아닐까 생각됩니다.

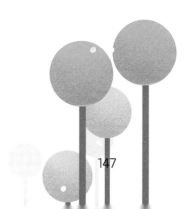

꽃 속의 사막

세계에서 가장 건조한 사막으로 불리는
칠레의 안데스산맥에 있는 '아타카마 사막'은
연평균 강수량이 15mm 정도입니다.

이 사막의 일부 지역에는 무려 4,000년 동안
비가 내린 흔적이 없는 곳이 있을 정도로 건조한 곳입니다.

그래서인지 이곳은 천체 관측을 방해하는
공기 중의 구름과 수증기가 거의 없어서
큰 규모를 자랑하는 전파망원경인 'ALMA'가 있는 곳이기도 합니다.

그런데 2015년 3월 어느 날,
선인장조차 자라지 않는 이 불모지에 놀라운 일이 벌어졌습니다.

기상이변인 엘니뇨 현상 때문에
아타카마 사막에 마법같이 비가 한바탕 내렸는데
당시 사막 일부 지역엔 하루에만 23mm의 비가 내렸다고 합니다.

아무것도 살 수 없다고 여겨졌던 사막에
바로 '생명수'가 더해진 것입니다.

더욱더 놀라운 일은 그 후에 벌어졌는데
비가 그치자 척박한 사막 땅 곳곳에서
파란 싹이 돋아나기 시작했습니다.

그리고 그 싹에서 줄기가 자라 꽃망울이 맺히더니
흙먼지뿐이던 사막이 분홍색 당아욱꽃으로
만발하는 장관이 연출되었습니다.

인류 관측 사상 가장 척박한 곳이라 여겨진
아타카마 사막이 꽃밭이 되었습니다.
땅을 뒤덮은 수백만 송이 꽃 때문에
사막의 흔적조차 보이지 않을 정도였습니다.

그 후 비가 내리지 않자 꽃은 사라지고
다시 황량한 사막이 됐습니다.
그래도 그저 메마르고 척박한 땅이라 생각되던
사막조차도 아름다운 생명을 품고 있음을
비를 통해서 알려주었습니다.

💬 세상을 보는 데는 두 가지 방법이 있다.
하나는 기적이 없다고 생각하며 사는 것이고, 다른 하나는 모든 것이 기적이라고
생각하며 사는 것이다.

알버트 아인슈타인

능력이 부족하다고,
가진 것이 없다고,
좌절하지 마세요.

사막에 내린 비가 꽃을 피우듯이
어쩌면 당신에게도 어떤 아름다운 꽃씨가
어딘가 숨어 있을지 모릅니다.
한번 찾아보세요.

쉼표 3

끄덕끄덕

공감

모두가 함께 사는 세상

저녁에 달리는 버스 안 승객들은 모두 피곤한 표정을 짓고 있었습니다.
퇴근하는 직장인들, 학교와 학원 수업을 마친 학생들까지…
그렇게 모두 조용한 버스 안에서 작은 실랑이가 벌어졌습니다.
좌석에 앉은 여고생과 기둥을 잡고 서 있는 할머니가
자리 양보 때문에 가벼운 언쟁을 나누고 있었습니다.

"할머니. 여기 앉으세요."
"아이고, 학생. 됐어. 나 아직 튼튼해."
"그러지 마시고 여기 앉으세요."
"정말 괜찮아. 그런데 학생은 몇 학년이야?"
"고등학교 3학년이요."
"우리 손녀하고 같은 학년이네. 학생도 공부한다고 힘들지.
그냥 앉아 있어."
"할머니, 오히려 제 마음이 불편해서 그래요. 그냥 여기 앉으세요."
"그럼 내 가방이나 좀 들어줘."

할머니가 여고생의 무릎 위에 자신의 가방을 척 올려 버리니
여고생도 그것을 치우고 일어나버리기에는
조금 어색한 상황이 되었습니다.

경험 많은 어르신답게 노련하게 학생을 제압해버린 할머니는
학생 무릎 위에 놓인 자신의 가방에서 무언가를
주섬주섬 꺼내 내밀며 말했습니다.

"학생, 이거 우리 아들이 준 홍삼진액인데 하나 먹고 힘내.
젊은이들이 힘차게 잘 살아야 우리 같은 노인들도
편하게 잘 살 수 있는 세상이 되는 거야."

> 사람들 사이에 섬이 있다.
> 그 섬에 가고 싶다.
>
> 정현종

사람은 혼자서 살 수 없습니다.

태어날때부터 죽을때까지 다른 사람과 함께 살아야 하고,

타인의 도움을 받아야 살아갈 수 있습니다.

누군가를 돕고 베풀며 사는 인생은 손해 보는 것이 아닙니다.

내가 베푼 도움이 언젠가는 나에게 다시 돌아오기 마련입니다.

지금까지 살아오면서 그러했고,

앞으로 살아가는 동안에도

누군가와 도움을 주고받으며 살아갈 것입니다.

아이들을 도와야 하는 이유

영화배우 안젤리나 졸리는
스타 배우일 뿐 아니라
나눔을 실천하는 행동가입니다.

브래드 피트와 자신이 낳은 아이 셋을 두고도
에티오피아, 베트남, 캄보디아에서
한 아이씩을 입양해 키우는 빅 마더이기도 하죠.

지진이나 태풍, 전쟁이 발생하면
가장 큰 피해를 보는 것은 아무 힘이 없는 아이들…

그녀는 아이들의 고통에 아파했습니다.

재난 현장에 그녀가 나타났다는 것만으로도
세계인의 이목이 쏠려
현지인들에게 많은 도움이 되곤 했습니다.

그녀는 시리아 난민 캠프에 봉사활동을 갔다가
부모와 보금자리 모두를 잃은 한 아이에게 이런 말을 남겼습니다.

"아가야, 네가 불쌍해서가 아니라
너는 이 나라의 미래이기 때문에 도움이 필요한 거야."

어린아이에게서 배워라, 그들에게는 꿈이 있다.

헤르만 헤세

아이들을 도와야하는 이유는…

그들이 불쌍해서가 아니라

아이들은 우리의 미래이기때문입니다.

결국 우리자신, 우리의 미래를 돕는 것입니다.

교만과 겸손

한 선비가 과거시험을 보러 한양에 가고 있었습니다.
선비는 자신의 학식에 대해 자부심이 하늘을 찌르고 있어
장원급제할 것을 굳게 믿고 있었습니다.

어느 곳에서 나룻배를 타고 큰 강을 건너던 중 선비는
노를 젓는 뱃사공에게 자랑하듯 말했습니다.
"이보게 사공, 논어를 읽어 보았는가?"

사공은 선비의 질문에 궁금하여 대답했습니다.
"논어라니요? 그게 무슨 책입니까?"

사공의 대답에 선비는 어이없는 표정으로 말했습니다.
"어찌 논어를 모르다니… 그건 지금 몸만 살아있지
자네의 정신은 죽은 것이나 다름없네."

그 순간 큰바람이 불어와 물결이 계속 출렁거렸습니다.
그리고 나룻배가 휘청거리자 사공이 말했습니다.
"선비님, 혹시 헤엄을 칠 줄 아십니까?"

배가 뒤집힐까 두려워 사색이 된 선비가 말했습니다.
"난 평생 글공부만 해서 헤엄을 칠 줄 모르네."

그 말에 사공이 피식 웃으며 선비에게 큰 소리로 말했습니다.
"그러면 만약 이 배가 물결에 뒤집힌다면 선비님은
정신만 살아있고 몸은 죽은 것이나 다름없습니다."

다행히 배는 무사히 강 건너편에 도착했습니다.
그리고 배 위에서 크게 깨달은 선비는 학문보다 인격을
더 쌓은 후 과거시험을 보겠다고 다시 배를 타고
고향으로 돌아갔습니다.

💬 사람에게는 그토록 결점이 많은 것은 아니다.
결점의 대부분은 거만한 태도에서 나온다.
먼저 거만한 태도를 버려라.
그러면 많은 결점이 스스로 고쳐질 것이다.

라 로시푸코

이 세상에 완벽한 사람은 없습니다.

누구보다도 뛰어난 지식과 많은 재산과

잘 단련된 몸과 올바른 정신을 가지고 있다고 해도,

사람으로 태어난 이상 반드시 어딘가

부족한 부분이 있기 마련입니다.

교만함은 부족한 부분을 항상 눈에서 가리지만,

겸손은 그 부족한 부분을 새로 채우려고 노력하기 때문에

우리를 더 나은 사람으로 만들어줍니다.

거울 효과

사람들이 지나가는 곳에
사탕 바구니를 놓아두었습니다.
한 아이가 주위를 두리번거리다가
그만 사탕을 집어가고 맙니다.

이번에는 사탕 바구니 옆에 거울을 두었습니다.
다른 아이가 사탕을 집었다가
거울을 보더니 쥐었던 사탕을
제자리에 되돌려 놓습니다.

거울 효과.
누군가가 자신을 지켜보면
도덕적인 행동을 하게 된다는 실험입니다.

💬 거울은 최고의 친구이다.
　내가 흐느낄 때 비웃지 않기 때문이다.

　찰리 채플린

진실하게 보여주는 거울

지금 거울 속에 비친

당신의 표정은 어떠한가요?

아빠의 낡은 핸드폰

저희 아빠는 핸드폰을 2개 가지고 있는데
그중에 오래된 핸드폰은 전화 통화가 안 되지만
멀리 외출하실 때는 꼭 들고 다니십니다.

"예전에 오랫동안 사용했던 핸드폰이라
정이 들었는지 버리기가 그러네."

어느 날 주말에 집에서 쉬고 있는데
거실에 있는 아빠의 오래된 핸드폰을 발견하고는
호기심에 영구보관함에 있는 문자를 보게 되었습니다.

보관함에 있는 문자에는 엄마의 잔소리 같은 문자와
제가 아빠에게 보냈던 문자들이 쌓여 있었습니다.

'나 과부 만들지 말고 술 좀 작작 마시고 와.'
투정부리는 엄마의 문자.
'사랑해 아빠.'
아빠에게 용돈을 받고 기분이 좋아 보낸 저의 짧은 문자.

'고맙다. 내가 정말 네 덕분에 산다.'
절절한 심정이 담긴 아빠 친구의 문자까지…

아빠의 오래된 핸드폰에 저장된 짧은 메시지는
가끔 추억의 앨범처럼 꺼내 볼 수 있는
소중한 보물이었나 봅니다.

> 추억이란 인간의 진정한 재산이다.
> 기억 속에서 인간은 가장 부유하면서도 또 가장 빈곤하다.
>
> 알렉산더 스미스

짧아도 좋습니다.

간단해도 괜찮습니다.

진심과 사랑을 담아 전하는 말은

화려하지 않아도 좋고

거창할 필요도 없습니다.

그저 전해주기만 하면 됩니다.

요즘은 짧은 문자보다

SNS 이모티콘으로

마음을 표현하는 시대가 되었지만

가끔은 진심이 담긴 짧은 문자 하나가

더 큰 감동을 전하기도 합니다.

사랑하면 콩깍지가 씌어요

내 남편은 이런 사람이면 좋겠다는 로망, 저에게도 있었습니다.
그런 저에게 어느 날 한 남자가 나타났습니다.
제 로망과는 진심 거리가 먼 사람이었습니다.
작은 키에 삐쩍 마르고 여드름투성이에
'어떤 여자가 저런 남자와 결혼할까'라고 생각할 만큼
누가 봐도 못난 그런 남자였습니다.
사람들이 대놓고 못난이라고 부를 정도였으니까요.

그런 남자가 처음 만난 자리에서 데이트 신청을 하는 거예요.
당연히 거절했지요.
그런데 거절하고 나니까 너무 신경 쓰이는 거예요.
그래서 못 이기는 척하고 한 번 더 만났습니다.

두 번 만나보니 이 남자.
외모와는 정반대로 마음이 잘생긴 남자였습니다.
반듯하고, 따뜻하고, 배려 깊고…

시간이 갈수록 점점 더 괜찮은 사람이었습니다.
성실까지 더해지고, 착한 건 기본이고, 믿음직스럽기까지…

외모에 자신 없는 분들이 종종 하는
어릴 땐 잘생겼었다는… 그 이야기,
본인에게도 해당하는 이야기라고 하네요.
남들보다 배는 열심히 살다 보니
고생을 심하게 해서 얼굴이 상한 거라고요.

그래요, 못생긴 그 남자가 제 남편이 되었습니다.
남들은 남편에게서 못생긴 얼굴을 보지만,
전 잘생긴 마음을 봅니다.
그렇게 보니 얼굴도 못생기지 않아 보입니다.

오히려 툭 튀어나온 광대가 매력적이고,
여드름은 순수해 보이고,
다리 짧은 건 귀여워 보이기까지 합니다.

콩깍지가 씌어 그렇다고요?
그럼 그 콩깍지 평생 쓰고 살겠습니다.
사랑합니다. 내 남자!

💬 우리는 마음을 염려해야 하며 외모를 염려해서는 안 된다.

이솝

제일 처음 보이는 것이 외모이기 때문에
그 사람을 판단하는 첫 번째 기준이 될 수밖에 없습니다.
그러나 외모 하나로 그 사람의 전부를 판단하는 것은
참으로 어리석은 일입니다.

배우자를 만나고 인재를 채용하는 데 있어
성품이나 마음, 능력보다 외모의 기준을 더 크게 둔다면,
후회할 확률도 함께 커질 수 있다는 것을…

칭찬하며 삽시다

해마다 적자를 면치 못하는 회사가 있었습니다.
더는 안 되겠다 싶어 원인을 조사하게 되었습니다.
조사 결과 실무를 보는 사원들의 얼굴은
하나같이 죽을상을 하고 있고,
또 매일같이 간부급 직원들이
아래 사원들에게 호통만 치더랍니다.

그래서 상사에게 물었습니다.
"혹시 아래 사원들에게 칭찬해 본 적이 있습니까?"

상사가 대답했습니다.
"말도 마십시오.
칭찬할 일이 있어야 칭찬을 할 거 아닙니까?"

매일같이 혼나기만 한 직원들은 눈치만 보느라
업무의 능률이 전혀 오르지 않았던 것입니다.

해마다 흑자를 내는 회사가 있습니다.

이 회사 또한 흑자의 원인을 조사하게 되었습니다.

조사 결과 실무를 보는 사원들은 항상 미소를 머금고 있고

상사, 부하 직원 할 것 없이

서로 칭찬을 아끼지 않는다는 것입니다.

상사의 칭찬이 사기를 높여줘 업무 성과가

높아질 수밖에 없었던 것입니다.

지금부터라도 칭찬해주는 사람이 돼라.
그러면 그만큼 당신의 잠재력이 개발될 것이다.

데일 카네기

누구나 한 번쯤 자신이 한 일이나 의견에 대해 칭찬 혹은
기분 좋은 답변을 들어 본 적 있을 것입니다.

조용히 눈을 감고 그때 느꼈던 기분을 다시 상상해 보세요.
지금 생각해도 입가에 미소가 지어지고,
가슴과 머리를 꽉 채우는 기분 좋은 기운이 느껴질 것입니다.

그만큼 칭찬은 대단한 긍정적 위력을 지니고 있습니다.
칭찬에 대해 어색해하지 마세요.
칭찬에 대해 인색하지도 마세요.
그냥 잘한 일에 '잘했다.' 이 한마디면 충분합니다.

감사의 효과

미국의 심리학자들은 오랜 연구를 통해
'감사'할 때 일어나는 신체적 변화를 확인했다고 합니다.

'감사'를 하면 사랑, 열정 등 긍정적인 감정을 느끼게 하는
뇌 좌측의 전전두피질이 활성화되어 스트레스가 감소하고
행복감을 느끼게 된다는 것이었습니다.

실제로 '샌디 셔먼'이란 한 여성은 감사 노트를 작성하고 나서
불행한 삶에서 행복한 삶으로 바뀌었다고 말합니다.

전문가들도 감사 노트에 관해
'잘된 일과 잘못된 일을 구분할 수 있게 해준다.
잘된 일은 자신을 격려할 수 있고,
잘못된 일을 통해서 자신을 반성하고 나아가서 발전을 도모하게 되어
현재를 긍정적이고 객관적으로 바라볼 수 있는 시각을 갖게 해준다.'며
감사 노트의 놀라운 효과에 힘을 실어주고 있습니다.

💬 나는 나의 역경에 대해서 하나님께 감사한다.
왜냐하면, 나는 역경 때문에 나 자신, 나의 일, 그리고 나의 하나님을 발견했기 때문이다.

헬렌 켈러

감사 노트 작성 Tip

1. 가장 맘에 드는 예쁜 노트를 준비한다.
2. 하루에 있었던 일 중 한 가지 이상 감사한 일과 그 이유를 적는다.
3. 거르지 말고 매일매일 노트 작성을 지속한다.

오늘 퇴근하면서 노트 한 권 사 가는 건 어떨까요?

좋은 습관은 미루지 않고, 생각났을 때 실천해야

그 효과를 하루라도 빨리 볼 수 있습니다.

세상에 아이들을 위한 답은 있습니다

나바호 인디언 보호구역의 한 초등학교에
젊은 여교사가 새로 부임하였습니다.
그녀는 도시에서 가르치던 대로 수업 시간마다 매일 학생을 지명하여
산수 문제를 풀게 했습니다.

그러나 부임해온 첫날부터 며칠이 지난 지금까지
아이들에게 문제를 풀게 했지만, 우두커니 칠판 앞에 서 있을 뿐
누구 한 명 문제를 푸는 아이가 없는 것입니다.

그녀는 화가 나 아이들에게 물었습니다.

"왜 선생님이 시키는데 하지 않는 거니?
모르면 모른다고 말을 해야 선생님이 가르쳐 줄 거 아니니?"

아이들은 당황한 표정을 하며 고개를 숙이고 있었습니다.
그때, 한 아이가 용기 내어 선생님께 이야기했습니다.
아이의 대답은 선생님을 놀라게 했습니다.

"제가 풀면, 이 문제를 모르는 다른 친구가 실망할 것 같아서요."

그렇습니다.
인디언 학생들은 어릴 때부터 서로의 개성과 인격을 존중해야 한다고
어른들에게 배워온 것이었습니다.

친구 중 산수 문제를 잘 풀지 못하는 아이도 있다는 것을 안 아이들은
그래서 선뜻 문제를 풀지 못했던 것입니다.
어린 마음에도 교실 안에서 잘하는 아이,
못하는 아이를 가려낸다는 것이
얼마나 무의미한 경쟁이며 이로 인해 서로의 마음에 상처 줄 것을
두려워했던 것입니다.

💬 생각하는 것을 가르쳐야지, 생각한 것을 가르쳐서는 안 된다.

굴리트

머릿속에 쌓는 지식보다
중요한 것이 있다는 것을 가르치는 어른들은 많지 않습니다.

아이들이 성공된 삶을 살기 위해서는
우열 경쟁이 필요하다는 착각을 하기 때문입니다.

과연 그럴까요?
우열 경쟁 속 가장 많이 겪을 수 있는 패배의 아픔과 열등감을
먼저 맛보게 하는 것이 나은지
우정과 화합, 배려를 먼저 가르치고, 자연스럽게 선의의 경쟁으로
아이들을 이끄는 것이 나은지, 판단은 어른들의 몫입니다.

정답은 없습니다.
그러나 아이들을 위한 답은 있습니다.

'숲'을 보라

브라질에서 매일 오토바이를 타고 콜롬비아로 가는
할아버지가 있었습니다.
할아버지는 오토바이 뒤에 항상 주머니를 달고 다녔는데,
이를 수상히 여긴 세관원이 몇 번이고 검문했지만,
별다른 혐의점을 찾지 못했습니다.

주머니에는 언제나 특이한 것 없는 모래만 들어있을 뿐이었습니다.
그러나 주머니에 대한 의심을 내려놓지 못한 세관원이
콜롬비아로 향하는 할아버지에게 하소연하듯 물었습니다.

"영감님, 체포하지 않을 테니 솔직하게 말해주세요.
밀수하는 게 있지요? 그게 대체 뭡니까?"

그러자 할아버지는 웃으며 말했습니다.
"오토바이라우!"

💬 우리는 사물을 있는 그대로 보지 않고 자기 상황과 형편에 따라 달리 본다.
　　아나이스 닌

조금만 생각을 비틀면 큰 것도 어렵지 않게 볼 수 있습니다.
마치 매직아이처럼 말이에요.

어렵게 생각하면 한없이 어렵지만,
관점과 생각을 조금만 바꾸면
그다음은 너무나 쉽게 잘 보이기 마련입니다.

반값 스티커

한 동네에 크기는 작지만, 온갖 생필품을 팔고 있는 마트가 있었습니다.
어느 날 분유 판매대에서 갓난아기를 업고 있는 젊은 엄마가
분유를 찾고 있었습니다.

남루해 보이는 엄마는 만 원짜리 한 장을 꼭 쥐고 있었는데,
진열된 분유들은 너무 비싸서 그 만 원으로
살 수 있는 것은 없었습니다.

마트 사장이 분유 판매대를 지나다 그 엄마를 보았습니다.
처음에는 뭔가 수상해 보여 아기 엄마를 주시했지만,
아무래도 분유를 사려는 데 돈이 모자라
고민하는 것을 알게 되었습니다.

아무리 딱한 사정이라 해도 정찰제로 물건을 파는 마트에서
그냥 상품을 내줄 수는 없는 노릇이고
아기 엄마가 혹시나 자존심이 상하지 않을까
싶기도 했습니다.

고민하던 사장은 분유의 유통기한을
체크하는 척하다가 슬그머니 분유통 하나를
바닥에 떨어트리고 말했습니다.

"아이고. 이를 어째? 통이 찌그러졌네.
파손된 상품을 그냥 팔 수는 없고
반값 스티커라도 붙여서 팔아야겠다."

찌그러진 분유통에 반값 스티커를 붙인 사장은
황망하게 자리를 떠났고 엄마는 그 분유통을 들고
계산대로 빠르게 걸어갔습니다.

그 엄마의 뒷모습을 보며 마트 사장은
훈훈하게 웃을 수 있었습니다.

💬 누구도 자신이 받은 것으로 인해 존경받지 않는다.
존경은 자신이 베푼 것에 대한 보답이다.

캘빈 쿨리

진정한 부자는 재산이 많이 있는 사람이 아니라,

다른 사람을 배려하며 나누면서 느꼈던

행복을 많이 가지고 있는 사람입니다.

나의 배려와 나눔과 노력을 아무도 모를 수 있습니다.

하지만 켜켜이 쌓여가는 '나눔의 행복'이라는 재산으로 인해

마음이 풍요로운 사람이 되었으면 좋겠습니다.

얼룩진 마음

한 부부가 차에 기름을 넣기 위해 주유소에 들렀습니다.
주유소 직원은 기름을 주유하는 동안 차의 앞 유리를 닦아주었습니다.

주유소 직원은 부부에게 공손하게 말했습니다.
"기름이 다 들어갔습니다."

남편은 기름이 다 들어갔다는 이야기는 듣지 않은 채,
자동차 앞 유리가 아직 더럽다며 한 번 더 닦아달라고 했습니다.

그러자 직원은 얼른 알겠다고 대답하며 다시 앞 유리를 닦았습니다.
혹시 자신이 좀 전에 보지 못한 얼룩이 묻어 있는지
꼼꼼히 살피며 열심히 닦았습니다.

"손님 다 닦았습니다."
직원이 다시 말했습니다.

그러자 남편이 짜증을 내며 말했습니다.
"아직도 더럽군요. 당신은 유리 닦는 법을 잘 모르나요?
한 번 더 닦아 주세요!"

그때였습니다.

아내가 갑자기 손을 내밀더니 남편의 안경을 벗겨갔습니다.

그리고는 부드러운 천으로 렌즈를 닦아 다시 씌어 주었습니다.

남편은 깨끗하게 잘 닦여진 유리창을 볼 수 있었고,

그제야 무엇이 잘못되었는지 알게 된 남편은

부끄러움에 어찌할 줄 몰랐습니다.

💬 편견은 내가 다른 사람을 사랑하지 못하게 하고,
오만은 다른 사람이 나를 사랑할 수 없게 만든다.

제인 오스틴

누구나 마음의 안경을 쓰고 삽니다.

투명하고 깨끗한 안경, 얼룩진 안경, 깨진 안경, 색안경...

남을 탓하기에 앞서 자신의 마음에

어떤 안경이 씌워 있는지 확인해 보세요.

혹시 흐릿하게 보이나요?

아니면 맑고 선명하게 보이나요?

나를 돌아보며 마음의 안경을 확인하는 시간은

그리 오래 걸리지 않습니다.

오늘을 뜻깊게 살아가세요

톨스토이의 단편소설 '세 가지 의문'의 내용입니다.

이 작품에 나오는 임금이 국정을 운영하며
세 가지 의문을 품게 되어 현인(賢人)에게 물어보게 됩니다.

첫째, 이 세상에서 가장 중요한 시간은 언제인가?
둘째, 이 세상에서 가장 중요한 사람은 누구인가?
셋째, 이 세상에서 가장 중요한 일은 무엇인가?

이에 대해 현인(賢人)은 이렇게 대답하였습니다.

"이 세상에서 가장 중요한 시간은 현재이고,
가장 중요한 사람은 지금 내가 대하고 있는 사람이며
이 세상에서 가장 중요한 일은
지금 내 곁에 있는 사람에게 선을 행하는 일입니다.
인간은 그것을 위해서 세상에 온 것입니다.
그러므로 당신이 날마다 그때그때 그곳에서 만나는 사람에게
사랑과 선을 다하여야 합니다."

💬 두려움은 적게, 희망은 많이… 먹기는 적게, 씹기는 많이.
푸념은 적게, 호흡은 많이… 미움은 적게, 사랑은 많이 하라.
그러면 세상의 모든 좋은 것이 당신의 것이다.

스웨덴 격언

사람들은 미래를 위해 공부를 하고, 돈을 벌며 살아갑니다.
그렇게 자신과 마주한 현재는 미래를 위해
희생을 강요당하며 살아갑니다.

그런데 아이러니하게도 미래가 현재로 다가오면
또 다른 미래를 위해 현재의 희생을 감행합니다.

분명한 건, 오늘은 두 번 다시 돌아오지 않는다는 것과
오늘이 내가 꿈꾼 어제의 미래라는 것입니다.

아이들의 심장이 된 할아버지

재균이는 태어난 지 일주일 만에 심장 수술을 받아야 했습니다.
그러나 재균이 아빠는 뇌졸중으로 일을 못 하는 상황이었고,
할아버지가 학원 셔틀버스를 운전해서 버는 수입이 전부였기에
심장 수술비 1천만 원은 너무도 큰돈이었습니다.

"산 사람은 살아야지… 아이를 그냥 하늘나라로 보내자…."

어떤 도움의 손길도 없어 결국 수술을 포기하려던 그때,
한 할아버지가 도움의 손길을 보내왔습니다.
그 덕분에 재균이는 다섯 번의 대수술을 통해
건강을 찾을 수 있었습니다.

시간이 많이 흘렀습니다.
어느새 11살이 된 재균이는
오랜만에 도움을 주신 할아버지를 찾았습니다.
하지만 이제는 할아버지의 따뜻한 얼굴을 볼 수 없었습니다.
아이가 찾은 곳은 할아버지의 장례식장이었기 때문입니다.

세상을 떠나기 전 무려 4,242명의 심장병 어린이들에게
새 생명을 선물한 그는 오뚜기 그룹의 창업주인
故 함태호(86) 명예회장입니다.

💬 마음의 문을 여는 손잡이는 안쪽에만 달려 있다.

게오르크 헤겔

1992년부터 24년 동안 심장병 어린이를 후원해왔습니다.

자신이 도움을 준 어린이들이 보낸 편지에 일일이 답장을 해줄 정도로

그의 후원엔 진심이 담겨 있었습니다.

때론 물질을, 때론 시간을,

때론 진심 어린 마음을 이웃과 나누어보세요.

나의 진심이 누군가의 생명을 살리고,

인생을 바꿀 수 있습니다.

남편의 선물

저는 암 병동에서 근무하는 간호사입니다.
야간 근무를 하는 어느 날 새벽 5시,
갑자기 한 병실에서 호출 벨이 울렸습니다.

"무엇을 도와드릴까요?"
".........."

호출 벨 너머로 아무 소리도 들리지 않자 초조해지기 시작했습니다.
환자에게 말 못 할 급한 일이 생겼나 싶어 부리나케 병실로 달려갔습니다.
병동에서 가장 오래된 입원 환자였습니다.

"무슨 일 있으세요?"
"간호사님, 미안한데 이것 좀 깎아 주세요."라며
사과 한 개를 쓱 내미는 것입니다.

헐레벌떡 달려왔는데 겨우 사과를 깎아달라니….
큰일이 아니라 다행이라고 생각했지만, 맥이 풀리는 순간이었습니다.
그의 옆에선 그를 간호하던 아내가 곤히 잠들어 있었습니다.

"이런 건 보호자에게 부탁해도 되는 거잖아요?"
"미안한데 부탁하니 이번만 깎아 줘요."

한마디를 더 하고 싶었지만, 다른 환자들이 깰까 봐 사과를 깎았습니다.
그 모습을 지켜보더니 심지어 먹기 좋게 잘라달라고까지 하는 것입니다.
할 일도 많은데 이런 것까지 요구하는 환자가 못마땅해서
저는 귀찮은 표정으로 사과를 대충 잘라
침대에 놓아두고 발길을 돌렸습니다.

성의 없게 깎은 사과의 모양이 마음에 들지 않는지
환자는 아쉬운 표정이 역력했습니다.
그래도 전 아랑곳하지 않고 발걸음을 재촉했습니다.

그리고 얼마 후, 그 환자는 세상을 떠났습니다.
며칠 뒤 그의 아내가 수척해진 모습으로 저를 찾아왔습니다.

"간호사님… 사실 그날 새벽 사과를 깎아 주셨을 때
저도 깨어 있었습니다.
그날이 저희 부부 결혼기념일이었는데,
아침에 남편이 선물이라며 깎은 사과를 저에게 주더군요.
제가 사과를 참 좋아하거든요.

그런데 남편은 손에 힘이 없어 사과를 깎지 못해
간호사님께 부탁했던 거랍니다.

저를 깜짝 놀라게 하려던 남편의 마음을 지켜주고 싶어서
죄송한 마음이 너무나 컸지만, 모른 척하고 누워 있었어요.
혹시 거절하면 어쩌나! 얼마나 가슴을 졸였는지….
그날 사과를 깎아주셔서 정말 감사해요."

저는 눈물이 왈칵 쏟아져 차마 고개를 들 수가 없었습니다.
그 새벽 가슴 아픈 사랑 앞에 얼마나 무심하고 어리석었던가…
한 평 남짓한 공간이 세상 전부였던
그들의 고된 삶을 왜 들여다보지 못했던가…
한없이 인색했던 저 자신이 너무나 실망스럽고 부끄러웠습니다.
그런데 그녀가 제 손을 따뜻하게 잡아 주었습니다.
그리고 말해주었습니다.

"고마워요. 남편이 마지막 선물을 하고 떠날 수 있게 해줘서…."

💬 행복은 우리 자신에게 달려있다.

　아리스토텔레스

어느 날 갑자기, 누군가 사소한 도움이라도 요청한다면

기꺼이 도와주시는 분들도 계실 것이고,

너무 사소하여 지나쳐 버리는 분들도 계실 것입니다.

그러나 한 가지, 누군가에게 사소한 일이 또 누군가에겐

가장 절박한 일일 수 있다는 것만 기억해 주세요!

새엄마를 정말 미워했어요

내가 12살이 되던 해에 엄마는 하늘나라로 가셨습니다.
그리고 오빠와 저를 혼자서 키우시던 아빠는
내가 중학생이 되던 해에 새엄마를
집으로 데려왔습니다.

엄마라고 부르라는 아빠의 말씀을
우리 남매는 따르지 않았습니다.

결국, 생전 처음 겪어보는 아빠의 회초리로
혼나게 되었고 오빠는 어색하게 "엄마"라고
겨우 목소리를 냈지만, 난 끝까지 엄마라고
부르지 않았습니다.

왠지 엄마라고 부르는 순간 돌아가신 진짜 엄마는
영영 우리 곁을 떠나버릴 것 같았기 때문입니다.
새엄마가 필사적으로 말리는 바람에 멈추게 되었지만,
어느새 내 가슴에는 새엄마에 대한 적개심이
싹트기 시작했습니다.

그렇게 며칠이 지나고 새엄마를 더 미워하게 되는
사건이 벌어졌는데, 내 방에 있던 엄마 사진을
아빠가 버린다고 가져가 버린 것입니다.
엄마 사진 때문에 내가 새엄마를
미워한다는 것이었습니다.

이때부터 새엄마에 대한 반항이 시작되었습니다.
다른 사람의 기준에서 새엄마는 착하신 분이었지만,
나는 그 착함마저도 위선으로 보였고
새엄마의 존재를 부정하였습니다.

그해 가을 소풍날이었습니다.
학교 근처 계곡으로 소풍을 갔지만,
도시락을 싸가지 않았습니다.
소풍이라고 집안 식구 누구에게도 말하지
않았기 때문입니다.

점심시간이 되고 모두 점심을 먹을 때,
계곡 아래쪽을 서성이고 있는 새엄마가 보였습니다.
손에는 도시락이 들려있었습니다.

뒤늦게 내 친구 엄마한테서 소풍이라는
소식을 듣고 급하게 도시락을 싸 오신 모양이었습니다.
도시락을 건네받은 나는 새엄마가 보는 앞에서
쓰레기통에 쏟아버렸습니다.

그런 저의 행동에 새엄마는 화를 내는 대신에
손수건을 눈 아래 갖다 대고 있었습니다.
얼핏 눈에는 물기가 반짝였지만
난 개의치 않았습니다.

그렇게 증오와 미움 속에 중학 시절을 보내고
3학년이 끝나갈 무렵 고입 진학 상담을 해야 했습니다.
아빠와 새엄마는 담임선생님 말씀대로 인문고 진학을 원하셨지만,
난 기숙사가 있는 실업계 학교를 고집하였습니다.

하루라도 빨리 집을 떠나고 싶었습니다.
그리고 다시는 돌아오지 않으리라 다짐까지 했습니다.
결국, 내 고집대로 원서를 냈고 학교 기숙사로
들어가게 되었습니다.

기숙사에서 사용할 짐을 가방에 넣는데
새엄마는 어린 제가 안쓰러운지 울고 있었습니다.
그런데도 저는 더 모질게 결심했습니다.
정말 다시는 집에 돌아오지 않을 것이라고…

학교 기숙사에 도착해서도 보름이 넘도록
집에 연락하지 않았습니다.
학교생활에 조금씩 적응이 되어 갈 무렵,
옷 가방을 정리하는데 트렁크 안에 곱게 포장된
비닐봉지가 눈에 들어왔습니다.

분명 누군가 가방 속에 넣어놓은 비닐봉지.
그 안에는 양말과 속옷 그리고 내복이 들어있었습니다.
그리고 새엄마가 가지런한 글씨체로 쓴
편지도 있었습니다.

그런데 편지지 안에는 아빠가 가져간
엄마 사진이 들어있었습니다.
새엄마가 아빠 몰래 사진을 편지지에
넣어 보낸 것이었습니다.

이제껏 독하게 참았던 눈물이 흘러내렸습니다.
눈물 콧물 범벅이 된 채로 편지를
읽고 또 읽었습니다.

그동안 쌓였던 감정의 앙금이 눈물에
씻겨 내려가는 순간이었습니다.
엄마가 돌아가신 이후 처음으로 밤새도록
울고 또 울었습니다.

며칠 후 기숙사에 들어간 뒤 처음으로
집을 찾아갔는데 그날은 밤새 눈이 많이 내려
길에 수북이 쌓여있었습니다.

멀리서 새엄마가… 아니 엄마가 나와서
날 기다리고 계셨습니다.

"엄… 마… 저 때문에 많이 속상하셨죠?
그동안 너무 죄송하고 잘못했어요."

어색해서 제대로 말도 못 하고 웅얼거리는 나를,
엄마는 눈물을 흘리며 따뜻한 두 팔로
감싸 안아 주셨습니다.

💬 나무는 제 손으로 가지를 꺾지 않는다.
그러나 사람은 제 마음으로 가까운 이들을 베어버린다.

톨스토이

누군가에 대한 미움이 한계치를 넘는다면
한 발짝만 물러나서 상대를 객관적으로
바라보세요.

때로는 마음 안에 가득 찬 증오나
적개심 때문에 상대방의 진심을 제대로
보지 못할 수 있습니다.

보석보다 값진 교육

'탈무드'의 한 일화입니다.
어떤 사람이 어느 날 상점에서 외투 한 벌을 샀습니다.
집에 돌아와서 다시 한번 입어보며
주머니에 손을 넣었는데, 놀랍게도 거기에
보석이 들어 있었습니다.

순간 그 사람의 마음속에 두 가지의 생각이
싸우기 시작했습니다.

'보석이 누구의 것인지는 몰라도
내가 산 옷 주머니에 들어있었잖아.
그러니 내가 가져도 될 거야.'

'그래도 이건 내 것이 아닌데….
빨리 돌려주는 게 맞겠지.'

양면의 생각으로 괴로워하던 그 사람은
지혜로운 현자를 찾아가서 사실 이야기를 하자
현자가 말했습니다.

"당신이 산 것은 외투이지 보석이 아니지 않습니까?
그러니 당연히 돌려주는 게 맞습니다.
다만 상점에 가서 보석을 돌려줄 때는
꼭 자녀를 데리고 가십시오.
그리하면 어떤 보석보다 몇 배 귀중한 것을
당신의 자녀에게 주게 될 것입니다."

💬 자녀를 정직하게 기르는 것이 교육의 시작이다.

존 러스킨

자녀가 정직한 사람으로 살아가길 바란다면,

자녀가 예의 바른 사람으로 살아가길 바란다면,

먼저 부모가 정직하고 예의 있게

행동해야 합니다.

어떻게 하라는 말보다

어떻게 하는지 직접 보여주는 것만큼

좋은 교육은 없습니다.

세상을 바꾸는 사람

스위스의 번화한 거리를 한 노인이 걸어가고 있었습니다.
그 노인은 주변을 두리번거리며 걸어가다
때때로 허리를 굽혀 땅에서 무언가를 주워서
주머니에 넣고 있었습니다.

마침 그 길을 순찰하고 있던 경찰이
그 노인을 발견하고 수상하다는 생각이 들어서
직접 가서 물었습니다.

"어르신, 아까부터 계속해서 무언가를 주워
주머니에 넣으시던데 그것이 무엇입니까?
다른 사람의 습득물은 경찰서에 신고해야 하는데
혹시 모르셨나요?"

"아무것도 아닙니다.
그리 대단한 것이 아니에요!"

노인의 말에 더욱 이상하단 생각을 한 경찰은
지금 주머니에 든 것을 보여 달라고
요청했습니다.

노인은 주머니 속에든 것을 꺼내놓았습니다.
그런데 경찰의 손바닥 위로 떨어진 것은
다름 아닌 유리 조각이었습니다.

순간 당황해 의아한 표정을 짓는
경찰에게 노인이 말했습니다.

"혹시나 길을 가다가 아이들이 밟아서
다치면 안 되지 않습니까?"

이 노인이 스위스의 교육학자이자
고아들의 대부로 알려졌으며 어린이의 교육에 있어
조건 없는 사랑을 실천한 것으로 유명한
'페스탈로치'였습니다.

💬 올바른 사회는 오직 아이들에게 참다운 교육을 함으로써 이루어질 수 있다.
페스탈로치

조금은 불편해도, 조금은 곤궁해도,
보이지 않는 낮은 곳에서 남을 위해서
조용히 사는 사람들이 있습니다.

자기 자신의 편한 삶을 뒤로하고,
다른 이들의 행복을 위해 사는 사람들…
그들이 세상을 바꿉니다.

네 가지 유형의 친구

긴 인생을 살다 보면 참 다양한 성격의
사람들을 만나게 됩니다.

그 와중에 우정이 쌓여 만들어지는 친구들 역시
다양한 성격을 가지기 마련인데 크게 나누어 보면
네 가지 유형의 친구로 나눌 수 있습니다.

첫 번째 친구는 꽃과 같은 친구입니다.
꽃이 피기 좋은 계절을 만나 활짝 피운 꽃은
보기에도 싱그럽고 향기도 진합니다.

바로 이렇게 꽃이 피어 한창 예쁠 때는
그 아름다움에 찬사를 아끼지 않는 친구입니다.
그러나 꽃은 언젠가 시들고 꽃잎이
떨어져 버리기 마련입니다.

그러면 돌아보는 이가 하나도 없듯이,
자기 좋을 때만 찾아오는 꽃과 같은
친구를 말합니다.

두 번째 친구는 저울과 같은 친구입니다.
저울은 무게에 따라 이쪽으로 또는 저쪽으로 기웁니다.
가진 것이 많아서 내 쪽으로 무게추가 기울 때
그 무게추처럼 내 쪽으로 우르르 따라오는
친구들이 있습니다.

이렇게 본인에게 이익이 있느냐 없느냐에 따라
큰 이익 쪽으로만 움직이는 친구입니다.

세 번째 친구는 산과 같은 친구입니다.
산은 많은 새와 짐승들의 안식처 같은 존재입니다.
멀리 떨어져 있어도, 항상 가까이 있어도
늘 그 자리에서 반겨줍니다.

언제 어느 때 찾아가도 같은 자리에
나무들이 자라고 있고, 커다란 바위는
움직이지 않습니다.

항상 변함없이 그대로인 친구, 생각만 해도
편안하고 마음 든든한 친구입니다.

네 번째 친구는 땅과 같은 친구입니다.
땅은 생명의 싹을 틔워주고 곡식을 길러내며
그 어떤 차별 없이 누구에게나 조건 없이
자신을 내어줍니다.

내가 건네준 작은 씨앗 같은 정성도
낟알이 가득한 벼 이삭으로 돌려주는
한결같고 마음으로 응원해주고 믿어주는
그런 친구입니다.

💬 풍요 속에서는 친구들이 나를 알게 되고, 역경 속에서는 내가 친구를 알게 된다.
존 철튼 콜린스

이런 이야기를 접한 많은 사람은
내 주변의 친구들은 어떤 유형의 친구인가 생각하게 됩니다.

하지만 주변의 친구보다 먼저 생각해야 할 것이 있습니다.

그것은 바로
'나는 내 친구들에게 어떤 유형의 친구인가?'입니다.

유유상종(類類相從)이라고 합니다.
당신이 산과 같고 땅과 같은 친구라면
당신의 주변에도 그런 친구들이 가득할 것입니다.

진정한 강함

호랑이 두 마리가 싸움을 벌였습니다.
무리 중 우두머리를 정하는 수컷끼리의 싸움이었습니다.

드디어 벌어진 결전,
험상하게 생긴 호랑이 한 마리가 포효하며 덤벼들었습니다.
그런데 상대 호랑이는 큰소리로 포효하는 것보다
강렬하게 바라보며 침묵으로 응수했습니다.

그때 놀라운 일이 벌어졌습니다.
시끄럽게 포효하며 상대 호랑이를 제압할 것 같던 호랑이가
슬그머니 꼬리를 내리고 뒷걸음질 치는 것이었습니다.

크게 소리 지르는 호랑이일수록 약할 가능성이 크다고 합니다.
진정으로 강한 호랑이는 오로지 눈빛과 위엄으로
상대를 제압한다고 합니다.

💬 현명한 사람이 되려거든 사리에 맞게 묻고, 조심스럽게 듣고, 침착하게 대답하라.
그리고 더 할 말이 없으면 침묵하기를 배워라.

라파엘로

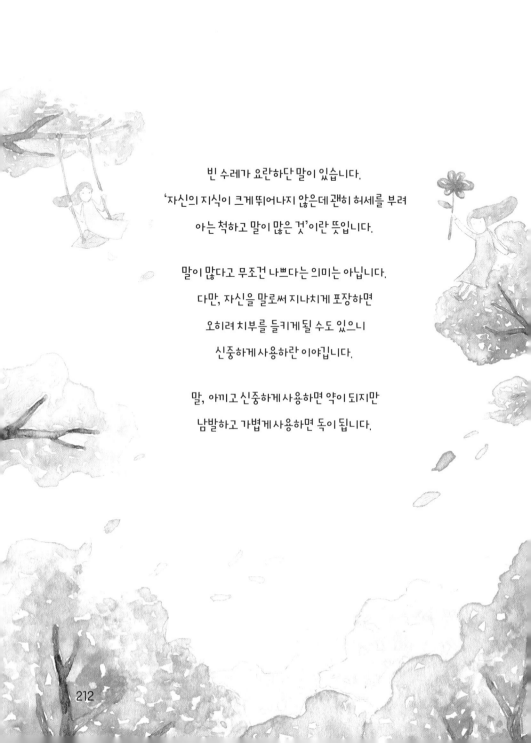

빈 수레가 요란하단 말이 있습니다.
'자신의 지식이 크게 뛰어나지 않은데 괜히 허세를 부려
아는 척하고 말이 많은 것'이란 뜻입니다.

말이 많다고 무조건 나쁘다는 의미는 아닙니다.
다만, 자신을 말로써 지나치게 포장하면
오히려 치부를 들키게 될 수도 있으니
신중하게 사용하란 이야깁니다.

말, 아끼고 신중하게 사용하면 약이 되지만
남발하고 가볍게 사용하면 독이 됩니다.

죽음에 대한 준비

서양의 묘지는 집 근처나 교회당 같은 곳에 있습니다.
그렇게 집 근처에 가지런히 서 있는 묘비에는 추모 글이나
먼저 간 이를 그리워하는 아쉬움의 인사가 새겨져 있다고 합니다.

어느 날 한 사람이 묘지를 돌며 묘비의 글을 읽고 있었습니다.
그런데 한 묘지 앞에 한참을 서서 자세히 살펴보는 것이었습니다.
그 묘비의 글이 흥미로웠기 때문입니다.

묘비에는 다음과 같이 석 줄의 글이 쓰여 있었습니다.

"나도 전에는 당신처럼 그 자리에 서 있었소."
순간 웃음이 터져 나왔습니다.

"나도 전에는 당신처럼 그곳에 서서 웃고 있었소."
순간 웃음을 멈췄습니다.

"이제 당신도 나처럼 죽음에 대해 준비를 하시오."

💬 세상에 죽음만큼 확실한 것은 없다.
그런데 사람들은 겨우살이를 준비하면서도 죽음은 준비하지 않는다.

톨스토이

아무리 훌륭한 사람도, 또 평범한 사람이라도
죽음을 피해 가는 이는 아무도 없습니다.

이 세상을 살아온 흔적으로
이 세상에 남기는 마지막 당부로
나의 묘비명에는 어떤 글귀를 새기고 싶은지,
한번쯤 생각해 보는 시간을 가져보세요.

기차에서 만난 군인

2015년 4월 한 여성이 아버지가
위독하다는 연락을 받았습니다.

지금 당장 달려가지 않으면
임종도 지키지 못할 다급한 상황이었지만
여성은 배가 부른 임산부였습니다.

설상가상 남편은 출장으로 집을 비웠고,
여성은 세 살 딸과 무거운 몸을 이끌고
기차역으로 향했습니다.

하지만 친정으로 향하는 기차의
좌석은 모두 매진이었습니다.
급한 마음에 바닥에라도 앉아 가자는 심정으로
무작정 입석으로 기차에 올랐습니다.

하지만 콩나물시루 같은 기차 안은
바닥에 앉을 자리조차 없었습니다.

칭얼거리기 시작한 어린 딸과 점점 힘들어지는
무거운 몸에 어쩔 줄 모르던 여성에게
한 군인이 말을 걸었습니다.

"여기 앉으세요."

바닥에 앉아있던 군인이 선뜻 일어나
그녀에게 자리를 양보했습니다.
군인의 배려는 거기서 끝나지 않았습니다.

"엄마 뱃속에 예쁜 동생이 있으니
더 예쁜 공주는 삼촌 무릎에
앉아갈까?"

군인은 어린 딸까지 보살펴 주며,
그녀가 도착지까지 마음 편하게
갈 수 있도록 도와주었습니다.

알고 보니 그 군인은 원래 자신의 좌석을
다른 노인분에게 양보하고 본인은
바닥에 앉아 있었던 것이었습니다.

여성은 덕분에 무사히 친정에 도착했고
아버지의 생전 모습을 볼 수 있었습니다.
그리고 4년 후, 그 친절을 기억하는 딸이
장래에 군인이 되고 싶다는 말에
그날의 기억이 되살아난 여성은 인터넷에
그 사연을 올리고 감사와 함께
그 군인을 수소문했습니다.

놀랍게도 몇몇 분들의 도움으로 그 군인을
찾을 수 있었지만, 그 군인은
다른 사람들도 그때의 나처럼 그랬을 거라 전하며
감사의 마음 이외에 다른 답례는
원하지 않는다고 전했습니다.

💬 사람이 일생을 바친 뒤에 남는 것은 모은 것이 아니라 뿌린 것이다.

제라드 핸드리

주변에 곤란해 보이는 사람에게
잠시 도움의 손길을 내밀어 주는 것은
어려운 일도, 위험한 일도 아닐 수 있지만,
그렇다고 모든 사람이 쉽게 나서서
할 수 있는 일도 아닙니다.

당신같이 따뜻한 사람이 대한민국에
더 많아졌으면 좋겠습니다.

열흘 넘게 기다리는 강아지

한 다세대 주택 앞에서 하얀 강아지 한 마리가
굳게 닫힌 문을 열어달라고 보채고 있었습니다.
하지만 문은 열리지 않았고 강아지는 며칠이 지나도록
그 집 앞에서 문이 열리기를 기다리며
누군가를 찾고 있었습니다.

보다 못한 이웃 사람들이 물과 사료를 가져다주기도 했지만,
강아지는 먹을 것은 거들떠보지도 않고
여전히 문이 열리기만 기다렸습니다.

강아지는 열흘이나 기다렸지만,
문은 열리지 않았습니다.
그 집에는 열흘 동안 아무도 드나들지 않았습니다.
빈집처럼 보였습니다.

그 모습을 본 주변 사람들은 혹시 못된 주인이
'강아지를 버리고 이사를 한 것은 아닌가?
이 강아지는 유기견이 아닌가?' 걱정하기 시작했습니다.

그 강아지의 이름은 '장군'이였습니다.
그리고 장군이를 돌봐주던 주인이 있었습니다.
주인은 90세를 넘긴 할아버지였습니다.

그런데 어느 날 할아버지가 뇌경색으로 쓰러져
병원에서 치료를 받게 되었고 그러는 동안
아무도 장군이를 신경 쓰지 못했던 것입니다.

의식을 되찾은 할아버지는 뇌에 충격을 받았는지
심각한 인지장애 증상을 보였습니다.
매일 자신을 진료하는 의사도 다음날이 되면
누군지 기억하지 못할 정도였습니다.

그런 할아버지에게 장군이 사진을 보여주었습니다.
그런데 매일 보는 사람도 기억하지 못하던 할아버지가
사진을 보고 '장군'이라고 말했습니다.

병원에서 특별히 허락하여 병동 밖에서
할아버지와 장군이를 만나게 해 주었습니다.
할아버지는 장군이를 꼭 끌어안았고,
장군이는 할아버지의 얼굴을 너무나 행복하게 핥았습니다.

할아버지를 만나고 온 장군이는
언제 그랬냐는 듯이 아무렇지도 않게
물과 사료를 먹기 시작했습니다.

안타깝게도 할아버지는 1년 이상 치료를 받아야 했고,
치료 후에도 더는 반려동물을 키울 수 있는
몸 상태가 아니어서 장군이는 새로운 가정에 입양되었다고 합니다.

_ 출처 : SBS동물농장 유튜브 '애니멀봐'

💬 개들은 사랑에 대해 거짓말을 하지 않는다.

　　제프리 무사예프 매슨

반려동물에게 가장 행복한 시간은
사랑하는 주인과 함께하는 시간입니다.
'혼자'보다는 '함께'할 수 있다는 것에
감사해보면 어떨까요?

쓰담쓰담

사
랑

내가 좋아하지 않으면

엄마가 7살 딸에게 새 인형을 사주었습니다.
그러나 어린 딸은 새 인형은 한쪽에 가만히 두고,
오래된 낡은 인형만 갖고 노는 것이었습니다.
의아한 엄마가 물었습니다.

"얘야, 왜 엄마가 사준 새 인형 말고 옛날 인형이랑 놀고 있니?"
"새 인형도 예쁘고 좋아요."
"그런데 왜 새 인형 말고 낡은 인형만 갖고 노는 거야?"

그러자 아이가 말했습니다.

"새 인형도 좋아요.
하지만 얘는 내가 좋아하지 않으면 아무도 쳐다보지 않을 테니까요."

🍃 만일 우리 자신에게 결점이 없다면, 다른 사람의 결점에도 그다지 흥미를 느끼지 못할 것이다.
라 로슈푸코

사랑은 선택입니다.

즉, 결점을 발견했다고

그 사람이 싫어지는 것이 아니라

결점 때문에 그 사람이 더 애달프게

사랑스러워지는 것입니다.

전철 계단 손잡이

그날은 정말 추운 날이었습니다.
어찌나 추웠는지 역에서 전철을 기다리며 서 있는데
손발에 감각이 있는지 없는지조차 모를 지경이었습니다.

종종걸음을 하며 전철을 기다리고 있는데
어린 남자아이와 다리가 불편한 할아버지 한 분이
전철 계단 손잡이를 잡고서 계단을 오르고 있는 모습이 보였습니다.

별생각 없이 내려다보고 있는데
앞장서 올라오는 그 아이가 할아버지의 손이 닿을 계단 손잡이를
열심히 손으로 문지르고 있는 것이었습니다.

처음에는 그 아이가 또래의 아이들이 그러하듯
장난을 치는 줄 알았습니다.
그런데 장난치고는 아이의 표정과 몸짓이 너무 진지했습니다.

그래서 다시 천천히 그 아이의 행동을 살펴보니
아이는 할아버지가 잡을 계단 손잡이를
따뜻한 자신의 체온으로 녹이고 있었던 것이었습니다.

나는 순간 가슴이 벅차올라 아무 생각도 할 수 없었습니다.

행복을 느끼는 데에는 동심이라든가 무심이라든가 솔직함 같은 것이 필요하다.
무샤코지 사네아

때로는 복잡하게 생각하지 말고, 순수한 아이처럼
세상을 착하게만 살아보고 싶다고 생각해봅니다.
그리고 오늘도 바라봅니다.
아이에게 본이 되는 어른들이 세상에 넘쳐나길···

마음에 따뜻한 꽃을 피우다

한 중고거래 커뮤니티에 올라온 글입니다.
어떤 사람이 더는 사용하지 않는 혈압측정기를
적절한 가격인 35,000원에 판매한다고 올리자
누군가 구매를 요청했습니다.

'마포구청 역인데 어디로 언제 가야하나요?
차가없어 전철로 가야하고 3만원에 주세요.
깎을려고 하는게 아니고 돈이 모자라고
필요해서 그레요 죄송해요.'

맞춤법도 띄어쓰기도 제멋대로인 것이
핸드폰 문자를 잘 못 하시는 어르신 같았습니다.
이런 구매 요청을 본 판매자는 대뜸
25,000원에 드린다고 답하고
거래장소로 갔습니다.

거래장소와 시간을 약속하는 내내 상대방은
미안해하고 조심스러워했습니다.

'시간나실때 봐주세요.'
'일하시는데 방해될까 조심스러워서요.'
'고마워요 전절로 가요 미안해요.'
'시간충분해요 괜찮어요.'
'찬찬히일보세요 기다릴게요.'
'일보시고 나오세요.'

여전히 맞춤법도 띄어쓰기도 엉망인
채팅 문자를 보고 판매자가 약속 장소에 나가보니
아니나 다를까 노부부가 나와 계셨습니다.
한눈에 보기에도 할머니의 건강이
좋지 않아 보였습니다.

판매자는 25,000원을 받고 혈압측정기의
사용법을 꼼꼼하게 알려 드렸습니다.
그리고 돌아선 판매자의 머리에 돌아가신
외할아버지와 외할머니의 모습이
갑자기 떠올랐습니다.

판매자는 노부부를 향해 다시 달려갔습니다.
그리고 한사코 거부하는 노부부에게 조심스레
25,000원을 다시 돌려 드렸습니다.

"돌아가신 할아버지 할머니 생각이 나서요.
이거 쓰시고 꼭 다시 건강해지세요."

_ 출처 : 당근마켓

💬 마음은 팔 수도 살 수도 없지만
   줄 수 있는 보물이다.

   플로베르

얼마 전 미담이지만 수많은 사람이
따뜻한 사연을 접하고 마음에 진한
감동을 받았습니다.

이 세상을 더 좋고 아름답게 만드는 일은
그렇게 어려운 일이 아닌 듯싶습니다.
사랑을 마음에 품고 한발만 앞으로
나갈 수 있으면 됩니다.

따뜻한 국물

한 아주머니가 떡볶이를 사기 위해 분식을 파는 포장마차로 갔습니다.
사십 대 중반쯤으로 보이는 주인아저씨가 장사하고 계셨습니다.
그때 허리가 구부정한 할머니 한 분이 들어오셨습니다.
폐지를 모아 힘들게 살아가시는 분이신 거 같았습니다.
포장마차 옆에 세운 수레에는 폐지로 가득했습니다.

"저기 주인 양반, 따뜻한 국물 좀 주시오."
주인아저씨는 할머니가 부탁한 따끈한 어묵 국물뿐만 아니라
떡볶이 약간에 순대를 얹은 접시를 내놓았습니다.
할머니는 점심시간이 한참 지났는데도 식사를 아직 못하셨는지
금세 한 접시를 다 비우셨습니다.

할머니가 계산을 치르려고 하자 주인아저씨가 말했습니다.
"할머니, 아까 돈 주셨어요."
"그런가? 아닌 거 같은데…."
옆에서 지켜보던 아주머니도 눈치를 채고 한마디 거들었습니다.
"할머니 저도 아까 돈 내시는 거 봤어요."

할머니는 알쏭달쏭한 얼굴이었지만,

주인아저씨와 옆에 아주머니까지 계산했다고 하니 그런 줄 알았습니다.

할머니는 잘 먹었다는 인사와 함께 자리를 떠나셨습니다.

주인아저씨와 아주머니는 굳이 말을 하지 않았지만

따뜻한 미소를 지었습니다.

우리가 하는 일은 바다에 붓는 한 방울의 물보다 하찮은 것이다.
하지만 그 한 방울이 없다면 바다는 그만큼 줄어들 것이다.

마더 테레사

배려하는 마음이 없다면

아무리 좋은 관계라도 무너질 수 있습니다.

내가 좀 손해를 보더라도 다른 사람에게 힘을 주고 싶은 마음…

그 작은 배려하는 마음이 세상을 바꿀 수 있습니다.

공병우 박사를 아시나요?

1906년 평안북도에서 태어난 공병우 박사의 삶은
'최초'라는 수식어로 가득했습니다.

대한민국 최초의 안과의사!
최초의 안과 병원 개원!
최초의 쌍꺼풀 수술!
최초로 콘택트렌즈 도입!

이같이 화려한 경력으로 한때는 우리나라에서 네 번째로
세금을 많이 낼 정도로 부를 쌓기도 했습니다.
하지만 공병우 박사는 돈 버는 것에는 관심이 없는 사람이었습니다.
그의 관심은 온통 자신의 지식을 세상에 어떻게 사용할까였습니다.

그런 그의 삶에 운명적 만남이 이루어지는 일이 있었습니다.
눈병 치료를 받으러 왔던 한글학자 이극로 선생과의 만남이었습니다.
그와의 만남으로 과학적이고 우수한 우리의 한글을
전 세계에 널리 알리는 데 관심을 쏟게 된 것입니다.

이후 공병우 박사는 한글 타자기 개발을 시작합니다.
병원도 그만두고 얼마나 온 정신을 기울였던지 사람들은
'공병우 박사가 미쳤다'라며 수군거리기도 했습니다.

그러한 열정 덕에 공병우 박사의 한글 타자기는 미국 특허를 받게 되었고
많은 사람이 편리한 삶을 누릴 수 있게 되었습니다.
그러나 공병우 박사의 도전은 멈춤이 없었습니다.
시각장애인들을 위한 점자 한글 타자기도 개발해 내었습니다.

누구보다 한글을 아꼈던 공병우 박사는 그의 나이 82세가 되던 해에도
그 열정을 잃지 않고 한글문화원을 설립하기에 이릅니다.
그곳에서 좀 더 편리하게 한글 자판을 사용할 수 있도록 연구하였으며
실력 있는 젊은 인재들과 정보를 나누며
프로그램 개발에 지원을 아끼지 않았습니다.

그렇게 열정을 쏟은 결과, 지금 우리가 편리하게 사용하고 있는
컴퓨터 문서 입력 프로그램인 '아래아 한글'을 만들어 내게 됩니다.

한글을 위해 자신의 삶을 바쳤지만,
의사로서의 본분도 잊지 않았던 그는
미국에 갔을 때 보았던 구급차를 수입해 전국을 돌며
도움이 필요한 환자들에게 무료 진료를 해주었고,
시각 장애인을 위한 학교도 세웠습니다.

그렇게 한없이 베풀고 사회에 환원하는 마음으로 살았지만
한평생 자신에게는 인색하기 그지없는 삶을 살았습니다.
그런 공병우 박사의 성품은 그의 유언에서도 잘 나타나 있습니다.

"나의 죽음을 세상에 알리지 마라.
장례식도 치르지 마라.
쓸 만한 장기는 모두 기증하고 시신은 대학에 실습용으로 기증하라.
유산은 시각장애인을 위한 복지를 위해서 써라."

그의 유언대로 공병우 박사의 각막은 다른 사람에게 이식되었고,
시신은 의과대학에 실습용으로 기증되었습니다.
또한, 그의 죽음은 이틀 후에서야 신문을 통해 알려졌고,
빈소도 없고, 장례식도 없고, 묘지도 없었습니다.

💬 한글 기계가 자꾸 나오면 한글을 사랑하지 않을 수 없을 것이다.
내겐 남을 돕는 일 중 가장 가치 있고
가장 큰 일이 한글의 과학화를 발전시키는 일이다.

공병우 박사

살면서 그리고 죽는 순간에도 또 죽어서도
내가 가진 모든 것이 다른 사람에게 빛이 되길 바랐던 공병우 박사님!

세상 모두가 그 같은 삶을 살 순 없습니다.
그러나 지식이 될 수도 있고,
능력이 될 수도 있고,
웃음이 될 수도 있고,
경제력이 될 수도 있고,
당신이 가진 것을 나눌 수 있다면 나누세요.
인생을 충분히 잘 살다 간다고 느낄 수 있을 것입니다.

가장 멋진 행복한 데이트

저는 결혼 한 지 10년 가까이 되는 남자입니다.
그런데 얼마 전 아내 말고 다른 여자(?)와
데이트를 하기 위해 외출했습니다.

"당신에게 세상 최고로 멋진 여자와
데이트할 기회를 오늘 드릴게요.
단, 저와 지켜야 할 약속 몇 가지가 있어요.
첫째, 밤 10시 전에 데이트가 끝나면 안 돼요.
둘째, 식사할 때 그녀의 이야기에 집중해 줘야 해요.
셋째, 극장에서 그녀의 손을 꼭 잡아줘야 해요.
잘 아시겠어요?"

영문 모를 아내의 제안에 의아해하면서도
저는 정장을 잘 차려입고 데이트 장소로 떠났습니다.
별로 긴장하지는 않았습니다.
모처럼 특별한 시간을 보내고 싶은 아내의
계획이라고 생각했기 때문입니다.

넥타이를 고쳐 매며 아내가 어서 오기를 기다리던 중
저만치서 우아한 검정 원피스를 입고,
곱게 화장을 한 여인이 다가왔습니다.
그런데 여인은 아내가 아니었습니다.

"아니, 네가 웬일이냐?"
"어머니는 여기 어쩐 일이세요?"

당황하면서도 어리둥절했던 우리 모자는
금세 아내의 마음을 알아채고 웃음을 터뜨렸습니다.
아버지 돌아가시고 혼자되신 지 5년이나 된
어머니를 위해 아내가 준비한 놀라운
이벤트였던 것입니다.

그날 저녁, 아내와의 약속을 성실히 지켰습니다.
식사 시간 내내 어머니의 말을 잘 들으며 이야기했고,
영화를 보는 2시간 동안 내내 어머니의 손을
꼭 잡아 드리고 있었습니다.

그렇게 10시가 되어 어머니를 집 앞에
모셔다드리니 어머니께서 말씀하셨습니다.

"오늘 너무도 행복한 시간이었단다.
집에 들어가면 어멈에게 꼭 전해줘라.
정말 고맙고, 사랑한다고 말이야."

네 자식이 해주길 바라는 것과 똑같이 네 부모에게 행하라.

소크라테스

당신의 부모님을 사랑해 주세요.

그리고 당신이 사랑하는 사람의 부모님도

함께 사랑해 주세요.

어머니의 흰머리

오늘도 어김없이 회사에서 퇴근한 부부는
칠순이 넘으신 어머님이 차려주시는 저녁상을 받습니다.
맞벌이를 시작하면서 자연스럽게 집안 살림은 통째로
눈이 침침하고 허리까지 굽은 어머님의
처지가 돼버린 것입니다.

평소처럼 그날도 어머니가 요리하신 저녁상을
받아 식사하고 있었습니다.
식사를 다 마친 아들에게 어머니가
불쑥 말을 했습니다.

"나 돋보기 하나 사야 할 것 같다."

생전 당신 입으로 뭐 하나 사달라고 하신 적도 없고
신문 한 장 정확하게 읽을 수 없는 어머니가
돋보기를 사 달라 하시니 웬일인가 싶었지만,
아들은 대수롭지 않게 생각했습니다.

다음 날 저녁,
먼저 퇴근한 아내가 막 현관에 들어서는
남편에게 다가와 호들갑을 떱니다.

"여보, 아무래도 어머님이 좀 이상해요.
어제는 안경을 사달라고 하시더니,
평소 잘 안 하시던 염색까지 하셨지 뭐야?"

아들 내외의 대화를 우연히 들은 노모는
멋쩍으신지 모른 체하곤 부엌으로 갑니다.
그리곤 언제 장만했는지 돋보기를 끼고
쌀을 씻습니다.

식사 준비가 다 되어 식탁 앞에
아들과 며느리가 앉자 어머니가
침묵을 깨며 말했습니다.

"안경은 내가 장만했으니 신경 쓰지 마라.
엊그제 손자 녀석 밥그릇에 흰머리가 하나 들어갔나 보더라.
그걸 보고 애가 어찌나 투정을 부리던지…
인자 안경도 끼고 머리도 염색했으니
앞으로는 그럴 일 없겠지."

아들은 그제야 어머니가 왜 돋보기를 사달라고 하셨는지,
하얗게 센머리를 왜 염색하셨는지 알게 됐습니다.
죄송함에 아무 말 못 하고 고개를 숙인
아들의 눈에 눈물이 맺혔습니다.

먹고 살기 힘들다고 늘 바라기만 했을 뿐,
어머니의 머리가 온통 백발이 된 것도
아들은 모르고 있었습니다.

💬 부모를 공경하는 효행은 쉬우나,
   부모를 사랑하는 효행은 어렵다.

   장자

자신의 눈이 불편해지고,
성성한 백발이 느는 것보다
가족들의 불편을 먼저 생각하시는 분,
바로 어머님이십니다.

어머니라 당연한 건 없는데
왜 우리는 항상 당연한 것처럼 고마움을
잊고 사는 걸까요.

나쁜 건 네 탓!

어느 마을에 40대 부부가 담 하나를 놓고 나란히 살고 있었습니다.
그런데 두 부부가 사는 것은 정반대였습니다.
한 부부는 하루가 멀다고 부부 싸움을 하고,
다른 부부는 시부모님에 두 아이까지 함께 살지만,
언제나 웃음이 넘쳐났습니다.

늘 싸움을 하던 부부는 옆집을 찾아가 그 비결을 묻기로 했습니다.
"이렇게 많은 식구가 사는데
어떻게 작은 싸움 한 번 하지 않는 건가요?"

그러자 옆집 남편이 미소를 머금고 대답했습니다.
"아마도 우리 집에는 잘못한 사람들만 살고 있어서 그런 것 같습니다."

놀란 부부가 다시 물었습니다.
"잘못한 사람들만 산다니요? 그게 무슨 말인가요?"

옆집 남편은 웃으며 다시 말했습니다.

"가령 제가 방 한가운데 놓여 있던 물그릇을 실수로 발로 차 엎었을 때,

저는 내가 부주의해서 그랬으니 내가 잘못했다고 합니다.

그럼 제 아내는 빨리 치우지 못한 자신의 잘못이라고 말합니다.

그럼 또 저희 어머니는 그걸 옆에서 보지 못한

당신 잘못이라고 말합니다.

이렇게 모두 자신이 잘못한 사람이라고 말하니

싸움을 하고 싶어도 할 수 없지 않겠습니까?"

과거의 탓, 남의 탓이라는 생각을 버릴 때 인생은 호전한다.

웨인 다이어

좋은 건 내 탓!
나쁜 건 네 탓!
언쟁의 지름길입니다.

좋은 일이 있을 땐, '덕분에'
좋지 않은 일이 있을 땐,
'괜히 저 때문에'라는 말로 시작해보세요.
작지만 따뜻한 변화가 시작될 것입니다.

막내의 닭찜

홀로 팔 남매를 키우신 어머니의 칠순 잔치가 있었습니다.
사회에서 성공한 자식들은 저마다 가치 있는 선물을 가져왔습니다.
선물 대신 큰돈을 봉투에 넣어서 준비한 자식도
비싼 보석을 선물하는 자식도 있었습니다.
모두가 경쟁하듯 좋은 선물로 어머니를 기쁘게 해드렸습니다.

그런데 팔 남매 중 가장 가난하게 사는 막내는
선물 대신에 닭찜 한 그릇을 정성껏 만들어 가져왔습니다.

가족들은 닭찜을 가져온 막내를 의아한 시선으로 쳐다보았습니다.
선물의 가치를 떠나서 어머니는 평소에 닭으로 만든
음식을 드시지 않았기 때문이었습니다.

그러나 어머니는 다른 자식들의 선물들을 모두 제쳐놓고
막내가 준비한 닭찜을 아주 맛있게 드셨습니다.
어머니는 가난하게 살면서도 자식들에게 좀 더 많이 먹이기 위해,
무척이나 좋아했던 닭찜을 안 드셨던 것이었습니다.

막내는 이런 어머니의 마음을 누구보다 잘 알았기에
어머니가 꼭 받고 싶은 선물을 준비했던 것입니다.

💬 현명한 사람은 그의 사랑하는 사람의 선물보다도
선물을 보내주는 사람의 사랑을 귀중하게 생각한다.

토머스 켐피스

자식을 생각하면 입가에 미소가 지어집니다.
그런데 부모님을 생각하면 눈시울이 뜨거워집니다.

왜일까요?

사랑도 정성도 마음도
자식은 받은 것보다 줄 것이 많아서이고
부모님은 준 것보다 받은 것이 많아서 일 것입니다.

친절과 사랑의 차이점

한 초등학교 교실에서 선생님이 아이들에게 물었습니다.

"얘들아, 친절과 사랑의 차이점이 뭘까?"

그러자 한 소년이 벌떡 일어나 대답했습니다.

"배고플 때 누군가가 빵 한 조각을 주는 것은 친절이에요.
하지만 그 빵 위에다 제가 좋아하는 초콜릿 시럽을 얹어준다면
그건 사랑이에요!"

너그럽고 상냥한 태도, 그리고 사랑을 지닌 마음,
이것은 사람의 외모를 아름답게 하는 말할 수 없이 큰 힘이다.

파스칼

친절은…

당신이 아니어도 누구에게나 할 수 있지만

사랑은…

당신이 무엇을 좋아하는지 알아주는 것입니다.

바벰바족의 용서

남아프리카 부족 중의 하나인 바벰바족 사회에는
범죄가 거의 일어나지 않는다고 합니다.
바벰바족에 대해 관심을 두게 된 학자들은
이 부족을 연구하여 마침내 놀라운 이유를 발견했습니다.

이 마을에서는 범죄를 저지른 사람이 나오면
그를 광장 한복판에 세웁니다.
마을 사람들은 하던 일을 멈추고 모여들어 그를 둘러쌉니다.
그리고 돌아가며 시작합니다.
비난이나 돌을 던지는 것이 아닌 그가 과거에 했던
미담, 감사, 선행, 장점의 말들을 한마디씩 쏟아내는 것입니다.

"넌 원래 착한 사람이었어."
"작년에 비 많이 왔을 때 우리 집 지붕을 고쳐줬잖아, 고마워."

그렇게 칭찬의 말들을 쏟아내다 보면
죄를 지은 사람은 흐느껴 울기 시작한다고 합니다.
그러면 사람들이 한 명씩 다가와 안아주며
진심으로 위로하고 용서해줍니다.

그렇게 칭찬이 끝나고 나면 그가 새사람이 된 것을 인정하는
축제를 벌이고 끝을 맺는다고 합니다.

중요한 건, 범죄를 저지르는 사람이 거의 없어
이런 축제를 하는 일이 극히 드물다는 것입니다.

> 인간을 사랑할 것.
> 아무리 나약한 인간이나 초라하고 불쌍한 인간도 사랑할 것.
> 그리고 그들을 심판하지 말 것.
>
> 생텍쥐페리

당장 우리 사회에 적용됐으면 좋겠지만,

그건 현실적으로 불가능한 일이겠죠?

그렇다면 가족끼리라도 먼저 시도해 보는 건 어떨까요?

그러다 보면 학교에서도, 기업에서도, 나아가 사회 전체에

적용되는 놀라운 기적이 일어날 수도 있을 것입니다.

꿈을 향해 뛰어라

배우가 되고 싶다는 꿈 하나로
오디션을 보러 다니던 남자가 있었습니다.
그 횟수가 무려 800회 이상.
10년간 바텐더, 요리사, 페인트공 등의 온갖 일을 했지만,
그의 꿈은 오직 '배우' 단 하나였습니다.

그러나 오디션에선 '너무 평범하다'는 이유로 탈락시켰습니다.
800번의 탈락은 800번의 실망을 뜻하고,
그 열 배, 스무 배에 달하는 아픔을 의미했습니다.

그러던 그에게 어느 날 운명의 기회가 찾아왔습니다.
케네스 로너겐의 희곡 'This Is Our Youth'에서
그는 길거리 폐인을 혼신의 연기로 표현했고,
비평가들로부터 찬사를 받으며 세상의 조명을 받기 시작했습니다.

그러나 그간의 고생을 보상받나 했던 그에게 비보가 날아들었습니다.
뇌종양에 걸렸다는 청천벽력과도 같은 통보였습니다.
이제 막 시작하려는 그에게 끝없는 추락을 의미하는 것과 같았습니다.

10시간의 생사를 넘나드는 수술 끝에 왼쪽 귀의 청력을 잃었고,
표정으로 감정을 표현해야 하는 배우들에게
가장 치명적인 '안면 마비'까지 찾아왔습니다.

그러나 그는 배우의 꿈을 포기하지 않았습니다.
끊임없는 재활 끝에 안면근육을 움직일 수 있었고
모든 아픔을 이겨내고 당당히 배우로 재기하는 데 성공하였습니다.

이제는 할리우드의 스타로 전 세계가 주목하는 남자의 이름은 바로
'마크 러팔로(Mark Ruffalo)'
한국에서는 영화 어벤져스의 헐크 역, 비긴 어게인의 댄 역으로
얼굴이 알려진 오직 노력과 끈기로 일궈낸 그의 이야기입니다.

💬 나는 젊었을 때 10번 시도하면 9번 실패했다.
그래서 10번씩 시도했다.

조지 버나드 쇼

하고 싶은 일을 위해 얼마만큼의 노력을 해봤나요?

좌절을 겪을 때마다 일어서기 위해 어떤 노력을 해봤나요?

절망은 절망을 불러오고, 희망은 희망을 불러옵니다.

노력의 끝은 반드시 찾아오는 법입니다.

포기하지 마세요!

고산족의 선택

히말라야에 사는 고산족들은 산양을 사고팔기 위해
산비탈로 향한다고 합니다.
왜일까요?
그들은 산양을 사고, 팔 때 그 크기에 따라
값을 정하는 것이 아니라
산양의 성질에 따라 값을 정하기 때문이랍니다.

산비탈 위에서 산양의 성질을 알 수 있다는데요.
그곳에 산양을 놓아두고 살 사람과 팔 사람이
가만히 지켜본다고 합니다.

산양이 산비탈 위로 풀을 뜯으러 올라가면
아무리 작고 마른 산양이라도 값이 오르고,
비탈 아래로 내려가면 몸이 크고 살이 쪘다 해도
값이 내려간다고 합니다.

왜냐하면, 위로 올라가는 산양은 현재는 힘들더라도
넓은 산허리의 풀들을 먹으며 건강하게 자랄 미래가 있지만,
아래로 내려가는 산양은 결국 협곡 바닥으로 향하게 돼 있고,
그곳에 이르러서는 굶주려 죽기 때문입니다.

💬 적절한 대가를 치르지 않고 약삭빠르게 뭔가를 얻으려고 하는 자는
결코 아무것도 얻지 못할 것이다.

이드리스 샤흐

사람의 인생사 무엇이 다를까요?

인생의 역경을 회피하기보다 딛고 일어서기로 마음먹는다면,

밝은 미래가 기다릴 것입니다.

하지만 타협하며 쉽고 빠른 길로만 향한다면

결국 불행한 삶으로 빠질 수 있습니다.

프로방스 이야기

어느 날 한 여행자는 아주 황폐한 지역을 방문하게 됐습니다.
사방을 둘러봐도 나무가 없는 절망의 땅이었습니다.

그때 한 양치기의 모습이 보였습니다.
그의 이름은 '엘제아르 부피에'
30마리의 양과 함께 그곳에서 살고 있었습니다.

어느 날부터 양치기는 황폐한 지역에 도토리를 열심히 심고 있었습니다.
그는 양을 돌보면서 하루에 100개씩 도토리를 심는다고 했고
이런 작업은 3년 전부터 꾸준히 해오던 것이라고 했습니다.

그로부터 5년이 지난 후 1차 세계대전이 발발했습니다.
여행자는 군인이 돼 우연히 예전의 그 황폐했던 땅을
다시 방문하게 되었는데
놀랍게도 그곳은 아름다운 숲으로 변해 있었습니다.

'엘제아르 부피에'가 그동안 심어놓은
도토리나무, 밤나무, 단풍나무가
절묘하게 어우러져
환상의 숲을 형성하고 있었습니다.
그곳이 바로 남프랑스에서도 가장 아름답고 살기 좋다고 하는
'프로방스' 지방입니다.

💬 길이 있어 내가 가는 것이 아니라 내가 가서 길이 생기는 것이다.
　　이외수

목표를 이루기 위해 꾸준히 포기하지 않고, 인내하며 노력한다면

내가 생각했던 것보다 더 큰 목표가 이루어질 것입니다.

노력과 인내는 절대 배신하지 않습니다.

당신도 할 수 있습니다

맨발로 소리를 듣고 연주하는 사람이 있습니다.
최고의 타악기 연주자로 손꼽히는
'에블린 글레니(Evelyn Glennie)'입니다.
그러나 그녀가 여느 음악인들과 다른 점이 있다면
열두 살 때 청력을 완전히 상실한 청각 장애인이라는 사실입니다.

친구의 북을 치는 모습에 반해 타악기를 시작했지만
청력을 잃는 순간 그녀는 크게 좌절하고 말았습니다.
그리고 사람들은 그녀가 이제는 음악을 할 수 없을 거로 생각했습니다.
하지만 그녀는 포기하지 않았습니다.

그녀는 이제 제 기능을 못 하는 귀를 대신해
소리의 진동과 뺨의 떨림으로 소리를 감지하는 연습을 시작했고
무대엔 맨발로 올라가 발끝에서 전해오는 진동으로
소리를 구별해냈습니다.

귀가 아니라 온몸 전체가

그중에서도 극도로 섬세해진 발끝의 촉각 하나하나가

그녀만의 청각기관이 되어준 것입니다.

덕분에 그녀는 미세한 음의 높낮이까지도 읽어낼 수 있는

경지에 이르렀고,

20여 년간 각고의 노력 끝에

50여 개의 타악기를 다룰 수 있는

세계 최고의 타악기 연주자로 우뚝 서게 됐습니다.

저는 청각장애인 음악인이 아닙니다.
다만 청각에 조금 문제가 생긴 음악가일 뿐입니다.

애블린 글래니

남들보다 부족해 보이는 모습을 발견할때면 한없이 위축되기 마련입니다.

당신이 도전하려고 하는 것에 당신만의 성향과 장점을 발휘한다면

다른 사람은 넘볼 수 없는 특별한 성공을 이룰지도 모릅니다.

늦지 않았습니다. 그리고 오늘 주저 말고 도전해보세요.

아홉 번의 인내

옛날 한 젊은이가 스님이 되기 위해 노승을 찾아갔습니다.
노승은 젊은이에게 시험에 합격하면 받아주겠다고 했습니다.

마침 솥을 새로 걸던 참이어서 젊은이에게 걸라고 했습니다.
젊은이는 행여 노승의 마음에 안 들면
시험에 떨어질 수 있다고 생각하고
서툰 솜씨나마 정성껏 솥을 걸었습니다.

그런데 노승은 말했습니다.
"이쪽이 기울었네, 다시 걸게."
젊은이는 솥을 내리고 균형을 맞춘 다음 솥을 걸었습니다.
그러나 노승은 다시 말했습니다.
"솥의 방향이 틀렸네, 다시 걸게."
젊은이는 솥을 내리고 방향을 맞춘 다음 솥을 걸었습니다.

노승은 갖가지 이유로 솥을 다시 걸게 하였습니다.
무려 아홉 번을 트집 잡아 반복하게 했습니다.
노승이 젊은이에게 말했습니다.
"계속 일을 반복하여 시키는데 자네는 화가 나지도 않나?"
그러자 젊은이가 대답했습니다.

"세 번까지는 화가 났습니다.
그러나 분명 무슨 뜻이 있을 거로 생각하니 오히려 기대되었습니다.
앞으로 몇 번이든 더 반복할 자신이 있습니다."

"다른 사람들은 보통 세 번이면 화를 내고 가버리는데
자네는 아홉 번까지 참았네.
오늘부터 자네를 제자로 삼고 자네의 이름을 구정이라 부를 걸세."
그 젊은이는 후에 구정 선사로 존경받는 스님이 되었습니다.

💬 멈추지 않는 이상, 얼마나 천천히 가는지는 문제가 되지 않는다.
공자

여러분의 인생의 속도는 어떤가요?
너무 빨리 달리면 그만큼 위험이 따르게 되어서
얻는 것만큼 잃는 것도 많아질 것이고,
너무 느리게 달리면 목표지점에 다다를 수 없게 될 것입니다.

알맞은 속도로 달리기 위해서는 인내가 필요합니다.
가슴속에 작은 인내를 품고 참고 기다리며
알맞은 속도로 달려갈때
인생의 참다운 행복을
느낄 수 있을 것입니다.

착한 빵집 아저씨

어느 작은 마을에 빵집이 있었습니다.
착한 마음을 가진 빵집 주인은 마을에 사는 가난한 아이들에게
매일 맛있는 빵을 만들어 나누어 주었습니다.
아침에 만든 빵을 바구니에 담아 문을 열어두고
한 덩어리씩 가져가게 하는 것입니다.

그때마다 아이들이 몰려와 큰 빵을 먼저 집어가려고 경쟁을 했습니다.
그런데 아이 중 한 아이는 언제나 끝까지 기다렸다가
마지막 남은 가장 작은 빵을 가져가며 '아저씨 고맙습니다!'라는
인사를 잊지 않는 것입니다.

이날도 어김없이 아이는 마지막 빵을 들고 집으로 향했습니다.
그리고 어머니와 나눠 먹기 위해 빵을 쪼갰습니다.

그런데 놀랍게도 빵 안에 예쁜 금반지가 들어 있는 것입니다.
아이와 엄마는 실수로 주인아저씨가 잃어버린 것으로 생각했습니다.
아이는 다시 빵집으로 향했습니다.

"아저씨! 빵 속에 이 반지가 들어 있었어요!"
라며 반지를 돌려드렸습니다.

그러자 빵집 주인은 입가에 웃음을 띠며
"그 반지는 이제 내 것이 아니고 네 것이란다.
제일 작은 빵 속에 넣어두고 선물로 주려고 했는데
이번에도 제일 작은 빵은 네 몫이었으니 이 반지도 네 것이란다."

감사하기는 삶을 더 풍요롭게 해주는 확실한 방법이다.
마시 시오프

마음이 따뜻한 사람,

행복의 가치를 아는 사람,

진정한 비움의 행복을 아는 사람은

나누기를 원합니다.

그래서 나로 인해

이웃에 즐거움을 더하고

사회에 행복을 더하고

아이들에게 따뜻함이 더해지는 세상을 꿈꿉니다.

어느 때보다 힘든 시기이지만,

우리... 많이 나누고 많이 사랑합시다!

아름다운 우정

사업실패로 어렵게 사는 한 부부가 있었습니다.
이들은 몇 년 전 아들 결혼식에 축의금으로 백만 원을 낸 친구에게
늘 고마운 마음을 가지고 있었습니다.

그런데 며칠 전 그 친구로부터 아들 결혼 청첩장을 받고 보니
축하의 마음보다 걱정이 앞섰습니다.
하루하루 살기도 빠듯한데 어떻게 축의금을 챙길까
걱정이 앞섰습니다.

축의금은 축하의 돈이기 이전에 받은 만큼
반드시 갚아야 한다고 생각한 부부는
급하게 아는 사람으로부터 백만 원을 빌렸습니다.
그리고 그 친구의 아들 결혼식에 참석하여 축의금으로 냈습니다.

그런데 며칠 후 그 친구로부터 등기 우편이 배달되었습니다.
웬 인사장을 등기로 보내지 하면서 뜯어보니
그 안에는 친구의 편지와 구십구만 원이 들어 있었습니다.
그리고 친구의 편지에는 이렇게 쓰여 있었습니다.

'이 사람아. 나는 자네 친구야.

자네 살림 형편을 내가 잘 알고 있는데 축의금이 백만 원이라니,

우리 우정을 돈으로 계산하나.

우리 우정에 만원이면 충분하네,

여기 구십구만 원 보내니 그리 알게.

이 돈을 받지 않으면 자네를 친구로 생각지 않겠네.

그리고 힘든 삶에 내 아들 결혼식에 참석해줘서 정말 고맙네.

우리 틈이 나면 옛날 그 포장마차에서 대포 한잔하세.'

💬 여러분과 리무진을 타고 싶어 하는 사람은 많겠지만,
정작 여러분이 원하는 사람은 리무진이 고장 났을 때 같이
버스를 타 줄 사람입니다.

오프라 윈프리

힘들때 서로 의지하고 마음을 터놓고
이야기할 수 있는 사람.
내 말을 편견 없이 전부 들어주며,
외로울 때 허전함을 채워주는 사람.
내가 잘못할땐 뼈아픈 충고도 가리지 않는 사람.
늘 사랑의 눈길로 내 곁에 항상 있어 주는 사람.
그 아름다운 이름은 '친구'입니다.

48년 만에 지킨 약속

"좋은 나라에 살게 되면 꼭 불우이웃을 돕거라!"
3.1운동에 참여했던 '독립유공자' 故이찰수 선생님이 남긴 유언입니다.

"우리는 대한 독립을 위하여 생명을 희생하기로 맹세한다."
경남 밀양 용회동 장터에 의분을 토로하며 선언문을 내걸고
"대한 독립 만세!"를 외치며 만세 시위를 이끌었던 아버지.

독립되고 6.25 전쟁을 치른 후, 세상이 발전을 거듭했습니다.
아버님이 말씀하신 좋은 나라가 된 것입니다.

그런데 애석하게도 독립유공자 자녀들의 삶은
전혀 나아지지 않았습니다.
이찰수 선생님의 셋째 딸 이도필 할머니(82세)도 마찬가지였습니다.

일용직, 식당일, 빌딩 청소를 전전하며 생계를 이어갔습니다.
먹고 싶은 것, 하고 싶은 것 모두 참으며,
그렇게 5천만 원을 모았습니다.

형편이 어려운 어린이들을 위해 써 달라면서 어렵게 모은 돈 전부를
아버지의 유언대로 세상에 기부한 이도필 할머니.
하지만 계획했던 1억 원을 채우지 못해 아쉬움이 많다고 하십니다.

"죽기 전까지 5천만 원을 더 모으는 것이 목표예요."
여사의 선행이 끝나지 않았음을 이야기합니다.

근본적으로 옳지 못한 일이라면 결국에는 파탄이 생기는 법이다.
그러므로 하늘과 땅에 비추어 보아 조금도 부끄럽지 않은 일이라면 용감하게 추진해라.
그 길이 가시밭이라 하더라도 피하지 말아야 한다.
정의를 위해 싸운다는 통쾌한 느낌을 얻을 수 있을 것이다.

만해 한용운

독립투사 故이찰수 선생님과 이도필 할머니께 고개 숙여 감사드립니다.

그리고 지금 우리가 서 있는 이 땅을 지키기 위해

수많은 독립투사와 그의 가족들이

흘린 피와 땀을 헛되게 하지 말아야 할 것입니다.

그분들이 염원했던 좋은 대한민국을 만들어 가는

후손들의 모습을 보여드려야 할 것입니다.

미국에 사는 '미건 바너드(Meagan Barnard)'는 평범한 소녀였습니다.
그런데 15세가 되자 자신이 뭔가 평범하지 않다는 것을 깨달았습니다.
미건이 사춘기에 접어들자 2차 성징이 나타나는 대신
오른쪽 다리가 비정상적으로 붓기 시작한 것입니다.

병원에서는 발목이 삔 거라며 아스피린을 처방해 주는 게 다였습니다.
일주일이 지났지만, 증상은 나아지기는커녕 더 악화됐습니다.

검사 결과 미건은 체액 저류와 조직 팽창을 유발하는
만성 림프계 질환인 '림프부종'이라는 진단을 받았습니다.

반 친구들은 그런 그녀를 놀리기 시작했고,
미건은 극단적인 선택을 생각하며 유서를 남기기까지 했습니다.
그리고 그때를 회상하며 말했습니다.
"제 인생이 15살에 끝나는 것 같았어요."

그렇게 9년이 흘렀습니다.
그리고 어느 날 미건은 완전 반대의 선택을 하게 됩니다.
감출 수밖에 없었던 오른쪽 다리를 당당히 드러내기로 한 것입니다.
9년이란 시간이 너무 아깝게 느껴졌기 때문입니다.

감추고 싶던 다리를 드러내 모델이 되기 위한 사진 촬영에 나섰고,
6개월을 사귀면서도 자신의 비밀을 드러내지 않았던
남자친구에게도 사실을 알렸습니다.

미건의 모습에 남자친구가 놀라지 않은 건 아니지만,
자신을 신뢰할 만큼 편안해졌다는 사실에 오히려 행복했습니다.
그렇게 자신을 사랑하게 되자, 주변의 모든 것이 변했습니다.
모델이자 블로거로 활동하며 사람들의 관심과 사랑을 받게 된 것입니다.

또 그녀의 용기 있는 선택이 림프부종 환자를 포함해
자신의 몸을 부끄러워하는 많은 이들에게 큰 희망을 주었습니다.

💬 자신감은 내가 무언가를 잘할 수 있겠다고 생각하는 것이고,
　자존감은 내가 무언가를 잘하지 못해도 나 자신을 사랑할 수 있는 마음이다.

　남인숙 '서른에 꽃피다'

자신이 다른 사람과 다르다는 것을 알게 됐을 때,
자신에게 감추고 싶은 비밀이 생겼을 때,
자신을 바라보는 사람들의 시선이 두려울 때,
더는 숨으려 하지 말고 매일 아침 거울을 보며 당당하게 말해 보세요.

'나를 사랑하자!'라고…

돌을 바로 놓는 마음

어느 선생님이 시골 분교에서 교편생활을 했을 때의 일입니다.
학교에 출퇴근하려면 시냇물을 건너야 했는데
시냇물은 돌을 고정해 놓은 징검다리를 건너가야 하는 곳이었습니다.

그런데 어느 날 퇴근을 하기 위해 그 징검다리를 건너고 있는데,
돌 하나가 잘못 놓여 있었나 봅니다.
선생님은 그 돌을 밟고 물에 빠져 버린 것입니다.

마침 서울에서 내려오신 어머니가 집에 들어온
아들에게 물어보셨습니다.
"얘야, 어쩌다 그렇게 물에 빠져버린 거야?"
"네 어머니, 제가 징검다리가 놓인 시냇물을 건너다가 잘못 놓인 돌을
밟는 바람에 물에 빠져 버렸습니다."

그러자 어머니가 되물었습니다.
"그래, 그러면 네가 밟았던 잘못 놓인 돌은 바로 놓고 왔겠지?"

아들은 머리를 긁적이며,

"얼른 집에 와서 옷을 갈아입어야 한다는 생각만 했지,

그 돌을 바로 놓아야 한다는 생각은 미처 못 했습니다."

그러자 어머니는 아들을 나무라며 말씀하셨습니다.

"다른 학생들이 시냇물에 빠질 수도 있는데

어떻게 그냥 올 수 있는 거냐.

당장 잘못 놓인 돌을 바로 놓고 오너라.

그리고 나서 옷을 갈아입도록 해라."

처음에는 어머니의 말씀이 야속하게 들렸지만,

백번 생각해도 맞는 말씀이므로 돌을 바로 놓고 돌아왔습니다.

그 후 아들은 어머니의 말씀을 늘 가슴에 새기며

무슨 일을 하든지 돌을 바로 놓는 마음으로 매사에 임했습니다.

💬 실천은 생각에서 나오는 것이 아니라 책임질 준비를 하는 데서 나온다.

디트리히 본회퍼

내가 겪은 아픔을 다른 사람은 겪지 않게 바로잡을 용기,

내가 배려받고 싶은 만큼 다른 사람을 배려하는 마음,

이런 마음들이 돌을 바로 놓는 마음들이 아닐까 생각해 봅니다.

우리는 같은 세상을 원합니다.

배려로 넘치고, 웃음으로 가득한 행복한 세상.

그런 세상을 만들기 위해선

남이 아닌 내가 먼저 바뀌고 배려해야 한다는 것을

늘 잊지 않았으면 좋겠습니다.

엉뚱한 메뉴가 나오는 식당

라면을 시켰는데 우동이 나왔습니다.
그리고 햄버거를 시켰는데 만두가 나왔습니다.
이럴 때 문득 주문을 잘못 넣었는지 한 번은 의심하게 되는데
나오는 음식마다 매번 다른 음식이 나오게 된다면
과연 어떻게 될까요.

일본에 있는 이 식당은 '주문 실수가 넘치는 식당'입니다.
장사할 마음이 있는 걸까요?

그런데 항상 손님이 북적북적한 인기 있는 맛집입니다.
엉뚱한 메뉴를 가져다줘도 화내는 손님은 한 명도 없습니다.
바로 이 식당에서는 특별한 이해와 배려가 넘치는
음식을 먹을 수 있기 때문입니다.

이 식당이 특별한 이유는 다름 아닌 아르바이트생들 때문인데,
이곳의 아르바이트생들은 모두 치매에 걸린 할머니들입니다.

때로는 직전에 받은 주문을 잊어버리기도 하고
주문과는 다른 메뉴를 가져다주는 실수를 범하기도 합니다.
하지만 할머니들은 최선을 다해 일하고 계십니다.
웃음을 잃지 않고 노력하고 계십니다.

많은 자원봉사자와 더불어 운영되고 있는 이 식당은
치매 환자들이 사회구성원의 일부분이라는 소속감을 주고,
함께하는 공동체 의식을 불어 넣어주고 있습니다.

사람이 사람을 헤아릴 수 있는 것은 눈도 아니고,
지성도 아니거니와 오직 마음뿐이다.

마크 트웨인

이 식당의 성공 비결은
바로 이해와 배려입니다.
그리고 어떤 손님도 화를 내거나
얼굴을 찡그리지 않습니다.
손님들은 모두 잘 알고 있기 때문입니다.

조금 실수하고, 조금 느리고, 조금 서툴러도 괜찮습니다.
이분들은 다른 누구의 가족이 아니라
어린 시절, 우리의 모든 실수를 보듬고 길러주신
우리의 '어머니'이십니다.

지난 2015년,
네팔 대지진 당시 만난 한 아이의 발입니다.
사고 현장을 누비고 다니느라
상처 나고 긁힌 아이의 맨발…

얼마나 아팠을까요?
얼마나 무서웠을까요?
얼마나… 힘들었을까요…

우리는 아이 곁으로 다가가
맨발을 닦아주고,
작은 신발을 선물했습니다.
따뜻한 하루는 그렇습니다.

작지만 한 사람 한 사람의 마음을
진심으로 어루만져주는,
언제까지나 진심 가득한 단체로 남고 싶습니다.

아무쪼록 이 책에 담긴
우리의 작고 소소한 글들이
그렇지만 진심을 가득 품은 글들이

당신을
토닥토닥 위로해주길,
으라차차 격려해주길,
끄덕끄덕 공감해주길,
쓰담쓰담 사랑해주길…

그래서
여러분의 고된 하루에
따뜻한 쉼표가 되길…
진심으로 바라고, 소망합니다.

하루 쉼표

1판 1쇄 발행 2020년 11월 15일
1판 2쇄 발행 2021년 1월 5일

지은이 따뜻한 하루
펴낸이 윤다시
펴낸곳 도서출판 예가

주 소 서울시 영등포구 영신로 45길 2
전 화 02-2633-5462　　**팩스** 02-2633-5463
이메일 yegabook@hanmail.net　　**블로그** http://blog.daum.net/yegabook
등록번호 제 8-216호

ISBN　978-89-7567-607-9　03810